清华国学书系

杜钢百文存
DUGANGBAI WENCUN

清华大学国学研究院 主编
付佳 选编

江苏人民出版社

图书在版编目(CIP)数据

杜钢百文存/清华大学国学研究院主编;付佳选编
.—南京:江苏人民出版社,2017.11
（清华国学书系）
ISBN 978-7-214-21450-8

Ⅰ.①杜… Ⅱ.①清… ②付… Ⅲ.①杜钢百(1903—1983)-文集②经学-文集 Ⅳ.①Z126-53

中国版本图书馆 CIP 数据核字(2017)第 256489 号

书　　名	杜钢百文存
主　　编	清华大学国学研究院
选　　编	付　佳
责 任 编 辑	王保顶　张晓薇
装 帧 设 计	姜　嵩
出 版 发 行	江苏人民出版社
出版社地址	南京市湖南路 1 号 A 楼,邮编:210009
出版社网址	http://www.jspph.com
照　　排	江苏凤凰制版有限公司
印　　刷	江苏凤凰新华印务有限公司
开　　本	652 毫米×960 毫米　1/16
印　　张	12　插页 2
字　　数	151.2 千字
版　　次	2018 年 1 月第 1 版　2018 年 1 月第 1 次印刷
标 准 书 号	ISBN 978-7-214-21450-8
定　　价	30.00 元

（江苏人民出版社图书凡印装错误可向承印厂调换）

青年杜钢百

老年杜钢百

总　序

晚近以来,怀旧的心理在悄悄积聚,而有关民国史的各种著作,也渐次成为热门的读物。——此间很重要的一个原因,当然是在蓦然回望时发现:那尽管是个国步艰难的年代,却由于新旧、中西的激荡,也由于爱国、救世的热望,更由于文化传承的尚未中断,所以在文化上并不是空白,其创造的成果反而相当丰富,既涌现了制订规则的大师,也为后来的发展开辟了路径。

此外还应当看到,这种油然而生的怀旧情愫,又并非只意味着"向后看"。正如斯维特兰娜·博伊姆在《怀旧的未来》中所说:"怀旧不永远是关于过去的;怀旧可能是回顾性的,但是也可能是前瞻性的。"——由此也就启发了我们:在中华文明正走向伟大复兴、正祈望再造辉煌的当下,这种对过往史料的重新整理和对过往历程的从头叙述,都典型地展现了坚定向前的民族意志。

正是在这样的背景下,本院早期既昙花一现、又光华四射的历程就越发引起了世人的瞩目。简直令人惊异的是,一个仅存在过四年的学府,竟能拥有像梁启超、王国维、陈寅恪、赵元任、李济、吴宓这样的导师,拥有像梁漱溟、林志钧、马衡、钢和泰及赵万里、浦江清、蒋善国这样的教师,乃至拥有像王力、姜亮夫、陆侃如、姚名达、谢国桢、吴其昌、高亨、刘盼遂、徐中舒这样的学生……而且,无论是遭逢外乱还是内耗,这个如流星般闪过的学府,以及它的一位导师为另一位导师所写的、如今已是斑驳残损的碑文内容——"独立之精神,自由之思想",都在激励后学们去保持操守、护持文化和求索真理,就算不必把这一切全都看成神话,但它们至少也是不可多得的佳话吧?

可惜在相形之下,虽说是久负如此盛名,但外间对本院历史的了解,总体说来还是远远不够的,尤其对其各位导师、其他教师和众多弟子的总体成就,更是缺少全面深入的把握。缘此,本院自恢复的那一天起,便大规模地启动了"院史工程",冀能在深入研究的基础上,最终以每人一卷的形式,和盘托出院友们的著作精选,以作为永久性的追思缅怀,同时也对本院早期的学术成就,进行一次总体性的壮观检阅。

就此的具体设想是,这样的一项"院史工程",将会对如下四组接续的梯队,进行总览性的整理研究:其一,本院久负盛名的导师,他们无论道德还是文章,都将长久地垂范于学界;其二,曾以各种形式协助过上述导师、后来也卓然成家的早期教师,此一群体以往较少为外间所知;其三,数量更为庞大、很多都成为学界中坚的国学院弟子,他们更属于本院的骄傲;其四,等上述工作完成以后,如果我们行有余力,还将涉及某些曾经追随在梁、王、陈周围的广义上的学生,以及后来在清华完成教育、并为国学研究做出突出贡献的其他学者。

这就是本套"清华国学书系"的由来!尽管旷日持久、工程浩大、卷帙浩繁,但本院的老师和博士后们,却不敢有丝毫的懈怠,而如今分批编出的这些"文存",以及印在其前的各篇专门导论,也都凝聚了他们的辛劳和心血。此外,本套丛书的编辑,也得到了多方的鼎力支持;而各位院友的亲朋、故旧和弟子,也都无私地提供了珍贵的素材,这让我们长久地铭感在心。

为了最终完成这项任务,我们还在不停地努力着。因为我们深知,只有把每位院友的学术成就,全都搜集整理出来献给公众,本院的早期风貌才会更加逼真地再现,而其间的很多已被遗忘的经验,也才有可能有助于我们乃至后人,去一步一步地重塑昔日之辉煌。在这个意义上,这套书不仅会有很高的学术史价值,也会是一块永久性的群英纪念碑。——形象一点地说,我们现在每完成了一本书,都是在为这块丰碑增添石材,而等全部的石块都叠立在一起,它们就会以一格格的浮雕形式,在美丽的清华园里,竖立起一堵厚重的"国学墙",供同学们来此兴高采烈地指认:你看这是哪一位大师,那又是哪一位前贤……

我们还憧憬着:待到全部文稿杀青的时候,在这堵作为学术圣地的"国学墙"之前,历史的时间就会浓缩为文化的空间,而眼下正熙熙攘攘的学人们,心灵上也就多了一个安顿休憩之处。——当然也正因为那样,如此一个令人入定与出神的所在,也就必会是恢复不久的清华国学院的重新出发之处,是我们通过紧张而激越的思考,去再造"中国文化之现代形态"的地方。

清华大学国学研究院
2012 年 3 月 16 日

目　录

杜钢百生平与学术　1

《中庸》伪书考　25

公羊谷梁为卜商或孔商讹传异名考　32

孔氏撰修《春秋》异于旧史文体考　42

评当代学者论儒家著作之失　52

从当代思潮导引出经学之认识与其批判态度　71

经字考释与经名溯原　82

论大学课程中之经学研究　90

名原复音广证　109

北京清华大学研究院国学门发展计划书　115

与中山大学校长邹鲁先生论中文系(?)改革意见书　124

检讨国内大学中文系(?)之"名称""课程"及其组织　130

张百祥革命事略　144

回忆王右木烈士　150

万县惨案和朱德、陈毅同志　153

"九五"惨案见闻　156

谈笑风生　惊涛骇浪　163

杜钢百先生年表　174

杜钢百生平与学术

杜钢百(1903—1983),原名杜文炼,字钢百,以字行,四川广安人。出身富庶之家,少时多习诗词古文,有志于学,先后就读于成都高等师范学校、北京大学国学门、清华国学研究院,还曾拜入经学大师廖平门下,得其亲传。杜钢百一生以教学为主业,曾在武汉大学、中山大学、上海暨南大学、西南师范学院等多校任职,讲授经学、史学课程,长于先秦经学研究。同时,他多年来积极投身革命事业,参与爱国民主运动,为共产党的统战工作贡献良多。

一 杜钢百之生平[①]

1903年3月,杜钢百出身于四川省广安县石笋河场一户富裕人家。杜家在当地为大族,颇具声望。祖父杜太翁是一位饶有田产的地主,又

[①] 关于杜钢百生平事迹,主要参考了赵彦青《杜钢百传略》(《中国当代社会科学家》第七辑,书目文献出版社,1986年,第216—223页),刘达灿《"多宝道人"杜钢百》(http://blog.sina.com.cn/s/blog_5e6bc80e0100demm.html)、《"多宝道人"杜钢百(续前)》(http://blog.sina.com.cn/s/blog_5e6bc80e0100demo.html)、《"多宝道人"杜钢百(续前二)》(http://blog.sina.com.cn/s/blog_5e6bc80e0100demr.html),杜钢百《我在民主革命时期的活动简况》(《四川省统战工作史料》,1985年第3期,第53—55页)。

经营米粮生意,家境殷实。杜太翁夫妇持家有道,为了壮大家族,维持长远发展,让诸子分别择业,或务农,或经商,或读书入仕,兄弟之间相互补给、帮衬,奉行均衡培养人才的发家策略。杜钢百的父亲杜人品选择的是经商之路,他这一房不仅资财优渥,且人丁兴旺,有九名子女,杜钢百为其次子。富足的家庭使杜钢百拥有较为优越的成长环境,也为他安心于读书求学提供了经济基础。

(一) 求学之路

杜钢百四岁即入私塾,接受启蒙教育,先读《三字经》《百家姓》《千字文》等童蒙识字教材,有了文字基础后,又习"四书""五经"、《昭明文选》等,打下了良好的传统旧学根底。同时,他还时常跟随家中姑姊在从德女中学习,读新式的商务教科书。大约在1917年,杜钢百十四岁的时候,他正式进入县立高小学习。1919年,考入了县立广安中学。广安的新式学校最先是由维新派人士蒲殿俊、胡骏等人倡办的,杜家又与蒲殿俊素有往来,故而杜钢百少时便受到了康有为、梁启超维新思想的影响。后来了解到四川经学大家廖平是维新思想的先导,正是他的著作启发了康有为,他便对廖平及其经学研究萌生了兴趣,心生向往。

1920年,还在上中学二年级的时候,杜钢百便参加了成都高等师范学校的招生考试并被录取。这次考试对杜钢百来说具有非同寻常的意义,对他之后的人生轨迹产生了重大影响,而参加这次考试本身也一波三折,富有一定的戏剧性。原本他在萌发越级参加考试的想法时,家中长辈便极为反对,而他竟以送兄长赴省城为名,偷偷向账房支取了盘缠,跟随兄长一并到了成都,参加考试并一举得中。放榜之后,他却被同乡名落孙山的人检举,原因是他中学未毕业,冒用别人的毕业证书参加考试。后经成都高师学监王右木调查,发现他各科成绩都很好,便召他前来问询。他对自己冒用别人毕业证之事直认不讳,坦言他在得知有中学毕业文凭比同等学力的人考分要求低时,怕自己考不上,才如此行事。王右木见他态度诚恳,且所考成绩已达到了同等学力考生的考分要求,就决定破例将他录取。由这次特殊的考试,可以看出杜钢百果敢坚决、不拘于俗的行事风格。

当年9月,杜钢百正式进入成都高师学习。在这里,遇到了两位对他人生影响至大的人,一位即高师学监王右木,一位是经学大师廖平。这里先讲他与廖平之关系。在入校后不久,经高师教员谭焌介绍,杜钢百得以谒见钦慕已久的廖平,并被收为入室弟子,一偿夙愿。当时廖平名义上是四川国学专门学校校长,又兼成都高师教授,但因病长期修养在城南的家中。杜钢百除了在高师读书外,长时间在廖平家中承教,得他口传面授,先后长达三年之久。廖平先是向他口授了著作《孔经哲学发微》,后又选讲了《今古学考》、《知圣篇》、《辟刘篇》等代表作,从而使杜钢百逐渐了解廖平经学思想的精要,步入了廖平庞大的学说体系中。在这三年中,他在廖平的指教下,遍读了廖氏所著之书如《四益馆丛书》、《六译馆丛书》等,又阅读了不少清人解经之作,学业日益精进,不仅积累了坚实的文献基础,并掌握了经学研究的门径,确立了以经学为中心的研究旨趣,奠定了治学根基。廖平学术研究中遍通群经、博学善思的特点也为杜钢百所继承。且廖平晚年笃好中医,致力于医学典籍整理与研究,这也开启了杜钢百对中医的兴趣。这段时期,杜钢百在读书积累中还不断思考探索,开始选题著述并有所得,写成了《名原考异》与《中庸伪书考》两篇长文。

1924年,他于成都高师毕业后,与同乡一起赴京求学,凭上述两篇论文被北京大学研究所国学门录取。次年,因得知新成立的清华学校研究院国学门延请了名师,便转而投考清华,成为了清华国学院首届学生,导师为梁启超。在这里,他得到了王国维、梁启超、赵元任等学贯中西的大师的言传身教,学习了"古史新证"、"说文练习"、"古金文字"、"中国通史"、"方言学"、"普通语言学"等课程,在廖平学说之外又接受了新的知识体系,尤其是对以考据、实证为主的史学研究方法,有了新的认识,从而开阔了视野、增长了见识。按照国学研究院的规定,学生须选一专门课题为研究对象,在导师指导下,写成论文,考核合格后方能毕业。杜钢百入学时所选题目为"佛家经录之研究",或许是基于对经学研究的兴趣和学术根基,他最终以"先秦经学微故"为题撰写论文,通过了毕业审查。除了课程学习,国学院还时常举行讲座,师生之间进行讨论切磋,并一起创办学术杂志。杜钢百与同学刘盼遂、吴其昌等组建了学术团体"实学社",以"实事求是整理国故"为宗旨,并发行了《实学》杂志,响应其时正盛的整理国故运动。杜钢百所作的《名原考异》、《中庸伪书考》两篇文章也被部分节录刊载于《实学》杂志(《名原考异》发表时改名为《名原复音广证》)。不仅在学业上取得进步,初有所成,杜钢百还参与了研究院及学校的事务性工作,担任研究生会主席,是学生运动的积极分子。在1926年初发生的关于清华研究院国学门的存废及宗旨的论争中,研究院学生认为时任主任的吴宓不能为学生争取利益,杜钢百和吴其昌作为学生代表,向吴宓递交了要求其辞职的"哀的美敦书",并致信校长要求辞退吴宓的主任职务,直接导致了吴宓从研究院辞职。他还带着参与者的责任感和使命感,为研究院的前途感到深切的忧虑,对研究院未来发展作了深入的思考,撰写了一篇文章即《北京清华大学研究院国学门发展计划书》,在《清华周刊十五周年纪念增刊》上发表。经过在京的两年学习和历练,杜钢百在学术研究与经世处事上都有提升,渐趋成熟,开始步入了独当一面的事业之途。

(二) 教学生涯

20世纪三四十年代,由于时局的纷乱和时势的动荡,知识分子大多难以安守一域,拥有长期、稳定的职位。自1926年离京回川至1941年落脚重庆,这十五六年间,杜钢百饱经流离,辗转多地,于多所大学中任职。从清华研究院毕业之后,他选择回乡工作,但并未径直赴川,而是绕道上海,去拜访他素来仰慕的康有为。但此时康有为已前往庐山避暑,他又赶赴庐山,在那里谒见了康有为。两人就经学问题讨论良久,相谈甚欢。9月,他回到成都,在廖平的推荐下,任四川省图书馆馆长。值得一提的是,在他的教学生涯中,特别是早期的谋职过程中,廖平的威望和人脉给他带来了极大的助益。1927年,"三·三一惨案"发生后,杜钢百由于参与了革命运动,无法在成都立足,逃亡浙江,隐居在西湖边上的广化寺。通过廖平的介绍信,他结识了在杭的国学大师熊十力、马一浮,并深得熊十力赏识。又经由熊十力推荐给了蔡元培。蔡元培时任中华民国大学院院长,将杜钢百聘为大学委员会委员。

1928年,经蔡元培推荐,他前往武汉大学中文系任教,同时兼任武昌文华图书专科学校教授,正式登上了大学讲坛。20世纪20年代武汉大学中文系名家云集,中西新旧人士各占一席之地,互相争鸣。杜钢百讲授的课程内容是传统的经学,但却试图求新求异,而开设了诸如"春秋国际公法"这类甚为新奇的课程。所谓"国际",指春秋时期征战不休的各诸侯国,"公法"是指汇集商周典制的《尚书》,课程应旨在将一些现代观念、术语渗入经书解读,从而开辟经学研习的新路径。据他自己回忆,这门课还颇受学生欢迎。在武汉大学的课程,是他在经学教学上作出的尝试性探索,体现出年轻气盛、好发奇思的一面。杜钢百在武汉大学任教时间不长,一年之后,他便离校东游日本。在日本期间,他曾与一些日本学者谈经论史,同时搜求了不少文史书籍。翌年回国,先是在上海开了一家名为"草堂书舍"的书店,卖古旧线装书籍,之后受聘于中山大学中文系,赴广州任教。在中山大学期间,他亦以讲授经学为主,开设了群经概论、经学通史、《春秋》研究、《诗经》研究、《论语》研究等课程。在教学过程中,他不断探索传统经学课程应该如何融入与适应现代大学教育,逐渐琢磨出一套成体系的教学思路,对于经学课程设置、经学概念诠释、经学史以及单部经典的研读原则与方法都提出了具体的见解,并发表了论经学教育的专文,如《论大学课程中之经学研究》。大约是在1934年,杜钢百又到上海,任教于上海暨南大学文学院,兼图书馆馆长。他在暨南大学所授仍是经学课程,并编写了《经学通史》、《春秋研究》两部教材。任教暨南的五六年间,他在学界交游益广,更开阔了视野。1935年,他参加了章太炎在苏州创办了国学讲习会,对与廖平学术思想和路数大相径庭的章氏学说,他也多有接受,这在他的研究中皆有体现。1934年,他还曾给上海圣约翰大学的美籍教授韩玉珊及夫人讲述了康有为与廖平在广州会晤论学始末,由韩玉珊翻译为英文,寄给美国约翰·杜威教授。

1937年抗日战争爆发后,上海的大学陆续迁往内地,杜钢百仍留沪上,坚守教育阵地。他领导上海大学教职工联合会组织起战时大学,继续为留在上海的学生授课,直到上海租界完全沦陷。之后,他去了香港,在港联合文艺界左翼人士,准备继续创办战时大学,由于他坚持要将学校冠以"抗日"之名,香港总督慑于日本政府压力而未批准。1940年,他由香港回到广安老家,之后便去往重庆,自此结束了经年的辗转漂泊,于渝定居。1940年至1949年,他一直担任四川省教育学院教授,并创办、经营了两所专科学校,即草堂国学专科学校和东方人文学院。草堂国学专科学校(简称"草堂国专"),起初由抗战南迁的东北大学教授丁山、高亨、孔德等创议建于四川三台。1944年秋招生甫毕,便由于地方豪绅争权导致学校内部矛盾,孔德在杜钢百支持下,带领部分学生前往重庆,在北碚另成立一所草堂国专,由杜钢百任校长。这所学校具有一定规模,有学生近百人,教师十余人,分文史、文教、文艺、文哲四个专业。除杜钢百主讲经史,主要邀请了当时在渝的大专院校、国立编辑馆、礼乐馆的教授、学者进行讲演。知名学者马衡、熊十力、顾实、汪东、卢前、傅振伦、殷孟伦、周谷城、陈子展、鲁实先等曾先后在该校讲学、授课。草堂国专曾三迁校址,1946年迁南泉,1947年再迁沙坪坝,至建国初方停办,共培养学生数百人。杜钢百不仅倾力于教授课程、管理校务,还以个人之力为学校提供资金,据悉他曾为了筹措经费而将朋友的地产抵押借款,足见其热衷于教育兴学,心诚志坚。东方人文学院,亦是以教习经史为主,由于缺乏文献记载,具体情况不详。同时,他也一直致力于图书馆的建设,1947年重庆图书馆协会成立,以探讨图书馆学学术、促进图书馆事业的发展为宗旨,吸收了图书馆界80余人为会员,杜钢百任常务理事。

1950年,四川省教育学院与国立女子学院合并为西南师范学院,杜钢百亦随之成为西南师范学院(简称"西师")历史系教授,直至去世。建国前杜钢百一直以讲授经学课程为主,而进入西师后,历史形势和社会环境已不允许再从事经学教学和研究,他只能开设历史方面的普通课程,如中国古代史、中国近代史、中国史学史、中国教育史、历史要籍介绍及选读等。

(三) 社会活动

杜钢百不是一位完全沉浸于书斋的学者,他既有经世之志,亦有济世之才,在从事教学、研究的同时,热衷于参加社会活动。

杜钢百少年在家乡时,听闻了同乡张百祥的事迹①,对他颇为崇敬,而生效法之心,隐然有投身革命之念。加之身处在新旧思想激荡的社会,时代变革气氛对青年人的感召,冲破大家庭的束缚、对自由精神与生活的追求向往②,以及川人天生的江湖气,都让青年的杜钢百身上涌动着纵身激流、搏击风浪的热血热情。进入成都高师后,又受到了学监王右木的直接影响。王右木是四川地区宣传马克思主义的第一人,他向杜钢百介绍了马克思思想,不断提供《新青年》《新潮》等杂志给他阅读,让杜钢百接触到了其时国内方兴的共产主义思潮。对于正渴求自由和新思想的杜钢百来说,王右木所传播的马克思主义无疑是非常符合时宜的,他也表现出了极大的兴趣。之后并他便加入了共产主义青年团,又参加了王右木组织的马克思主义读书会,并以共青团员的身份参与社会公益活动,如去茶馆教工人习字等。早年对马克思主义的接触和接受,成为了杜钢百之后行为观念、立身处世的重要思想原则,而加入并追随共产党组织,也在很大程度上左右他的人生选择。

1925年,杜钢百在北京大学求学时,正式加入了中国共产党。在北京的两年间,正值时局动乱、学运频发之际,杜钢百在学习同时亦大力投

---

① 张伯祥(1879—1914),四川广安人。擅长武艺,曾留学日本,为共进会第一届领袖,章太炎称其为"长江大侠"。回国后参与发动武昌起义,后于参加反对袁世凯的斗争中牺牲。
② 杜钢百青年时叛逆离家,一定程度上是为了逃避家中安排的婚姻。他晚年时曾对家人谈及为何革命思想对他们那一代年青人极具诱惑力,他认为其中重要原因是新思想提倡民主自由,鼓励冲破家庭束缚追求婚姻自主。

身学运中。1925年3月,北京高等女子师范学院发起了反对校长杨荫榆的学生运动,为首的郑德音、张平江、甫正声都是杜钢百的同乡,他与女高师学生配合,负责校外联络工作,争取校外同学支持女高师的学潮,让女高师发表的各种"宣言"能及时得到社会上的响应和支持。1926年,在赵世兰(赵世炎之妹)介绍下,杜钢百结识了共产党领导人李大钊、陈毅。应李大钊扩大共产党外围组织的指示,他在京四处奔走联络,成立了两个进步团体。一个是"四川革命青年社",由他和朱近之发起。另一个是在陈毅的鼓励下,由他和北大学生孙东壶发起成立了规模更大的"新军社",意为新军崛起。并创办了社刊,名为《新军》,宣传孙中山的三大政策,拥护国民革命和北伐。"三·一八"惨案中,这个组织一些人牺牲了。之后杜钢百还参加了逼迫当局悼念"三·一八"烈士的斗争。

1926年,杜钢百于返川途中,在武汉与陈毅相遇于渡口。陈毅此时正欲前往万县作四川军阀杨森的动员工作,想要劝服他参加北伐战争。因杜钢百与杨森是同乡,又有参与组织动员的斗争经验,于是陈毅便邀他同行。在陈毅的劝说之下,杜钢百与他一起前往万县。到了万县,杜钢百先是单独前往杨森府邸拜访,跟他分析国内外形势,宣传革命思想,希望能鼓动他参加北伐。杨森对他的谈话表示出兴趣,但对是否参与北伐则未表明态度。之后他们与已在万县开展工作的朱德汇合,成立起工作小组,共同展开争取杨森的工作。适逢英国军舰在长江中浪沉了杨森运军饷的船只,他与朱德、陈毅商议决定利用此次事件激发杨森的革命意志,鼓动杨森对英军进行声讨。杨森听取了他们的意见,于是命部队扣押了英国在万县的两艘货轮,与英方交涉。同时,工作小组联络万县各界,开展声讨英军的动员大会。9月4日,万县各界举行了声势浩大的抗议示威游行。9月5日,因谈判交涉失败,英军欲强行夺回被扣押的船只,双方爆发了激烈的战斗,均损失惨重。且英国战舰炮轰长江两岸的民宅,战火波及无数民众,造成了数百平民惨死,史称"九五事件"或"九五惨案"。在开火之前,杜钢百被派往了重庆联络重庆党委书记杨闇公等人,制造舆论,呼吁声援万县。后陈毅也来到重庆,在他们共同努力下,重庆、成都等地声援万县的群众斗争风起云涌,反帝浪潮由全川波及全国。这是杜钢百参加革命运动中经历的一件大事,之后他也多次谈起,或诉诸文字,写一些回忆文章。杜钢百在万县虽然受到杨森的礼遇,但最终并没有成功说服杨森。他于9月离开重庆,在成都继续开展统战工作,公开身份是邓锡侯二十八军督办公署的顾问,秘密进行革命联络、组织、宣传活动。一度还出资创办了报纸《革命新闻》,以揭露时弊、声讨军阀恶行为宗旨。这里需要指出的是,在杜钢百的文章及其他一些文献中,都记载了陈毅、朱德曾一再劝说他放弃书斋,全身心投入革命工作,然而他却一再推辞拒绝,一直奔走在社会工作与教书治学之间。当然,这两种身份有互补的一面,如他有文化人的笔头、口才之长,在宣传和统战工作中能有所发挥,他的学者身份、所办书店和学校也便于为开展地下工作提供掩护;而他的经世之志也为他探求经学在当下的适用性和发展前途提供了原动力。不过,在二者之间游走、徘徊,无法全情投入一项事业中,虽然丰富了人生阅历,却未能在领域内取得更突出的成就。他的内心应该更倾向于做个学者、教书先生,然而纷扰的时势和经世的志向却又让他不能不关怀现实。知识分子在遭逢变乱之际,往往表现出进退踟蹰的一面,这在杜钢百身上也有充分体现。

1927年,"三·三一"惨案发生后,他与党组织失去了联系,直到30年代初到了上海才重新接上了组织关系,开始从事地下工作。他在上海以书店为掩护,负责一个情报组织。因他交际面广,结识了国民党元老谢持、杨沧白、柳亚子等人,并与陈立夫、陈果夫、曾扩情等国民党高级官员也有交往,能在与他们的接触中搜集情报,并秘密传递出去。又与吕一峰一起接管了由黄埔军校成员所办的神州通讯社,担任负责人,后来还把社里工作的几个年轻共产党员介绍到了陈毅的部队中去。40年代,回到重庆后,他所创办的"草堂国专"和"东方人文学院"也常收纳进步青年,为开展地下工作提供场所。如《挺进报》编辑地下党员陈柏霖,就曾以"草堂国专"学生身份开展地下工作;"东方人文学院"也曾收留过华蓥山游击队的成员和家属。内战期间,随着国共斗争日益加剧,国民党在重庆加强了对共产党员和民主人士的清剿,杜钢百也一度被列为怀疑目标,成为军统特务重点监视对象。在1927年脱离党组织以后,虽然一直在党的领导下展开工作,但没有正式恢复党员身份。其间杜钢百曾请求恢复共产党员的身份,但得到周恩来指示,让他继续保持民主人士的身份,这样更利于搜集情报,开展统战工作。1949年建国以后,他又加入了民主党派。1952年,民革西师支部成立,他加入民革,任委员,1957年升为主任委员。1963年,当选为四川省政协委员。

建国后,杜钢百任教的西师是极"左"思潮尤为严重的地方,在政治高压下,教授们动辄得咎,只得少说少做,更不敢多写文章。这严重妨害了学术研究工作,当时西师历史系有不少知名学者如吴宓、李源澄、吴毓江等在建国后都没有突出的学术成果,远不如50年代选择从西师出走的高亨。同时,历次政治运动给他们带来了极大的冲击,杜钢百也深受其害。在"三反五反"运动中,他被诬指为贪污犯。更因拒绝参加批斗大会,而被人倒拖进会场,对他的身体和精神都带来极大的创伤。在"反右"斗争中,虽在右派分子的名单上逃过一劫,也被"拔了白旗",受到批判。"文革"时期,自是被扣上了"反动学术权威"的帽子,被迫参加劳动改造,多次被批斗、关牛棚,甚至被殴打。所幸杜钢百性情豁达、坚韧,有传统儒者怨而不怒、哀而不伤的情怀,遭遇种种不幸尚能安之若素、处之泰然。在一些朋友、学生的文章中,我们能看到他在被派去修水库时,还领头与吴宓、邓子琴一起赋诗联句,将诗句当作号子广播开来给工人鼓劲;在"文革"之后碰到当年的难友,还能谈笑风生,将当年的苦难遭遇当作趣事侃侃而谈。

(四) 多宝道人

杜钢百之为人,有特出的才华和性情,人送雅号"多宝道人"。吴宓曾对"多宝道人"的名号内涵有精当的概括:其一,既是经学家,又是史学家,对中医科学亦有不少独到的研究;其二,他精力旺盛,鼓动能力超人,且又常能急人所难;第三,长期从事统战工作,广交各界名流;其四,博闻强识,记忆超人。

杜钢百博学多才,经史研究是他治学本行,自不多言,他在中医方面虽未有行医的经历,但确有心得。前叙廖平因晚年多病,苦研中医之书,杜钢百受其影响,而对中医之术及医学典籍也十分感兴趣。他的交友之中就有不少名医,如有"神针"之誉的巴渝名医吴棹仙,就是他的至交。又如名医唐阳春,与他过从甚密,常一起谈论医理医道。有一次他听唐阳春谈及"火神派"名医补晓岚曾妙手治愈另一位下肢瘫痪的黄姓医生之事,极为叹绝,便几次前往黄家拜访,了解药方和剂量。他的藏书中有一部《四部总医录》,上面有他所写评注。

他的精力旺,鼓动力强,在同学吴其昌所作《小传》中即有体现,"君好国民党说,竭尽其忠,盖每劝余亦同入。一夕,至子夜,犹刺刺论不休。"[1]在游说杨森的时候,杨森也被杜钢百的高谈阔论所吸引,而打破了所定谈话不超过二十分钟的限制,与他畅谈两小时。他有川人仗义拔刀的江湖气,常急人所难,在民国时,他从事地下工作中就经常暗中保护、接济身处困境的同志,如刘田夫在上海被捕入狱,就是杜钢百给他送饭。在日常生活中,他也常对身边之人施以援手。在刘达灿的文章就曾记载,西师一位并不相熟的同事被划为右派,停发工资,生活十分拮据,他便让学生悄悄送五十元钱,还因顾及对方是知识分子的体面,特意嘱咐学生必须说是"借"给他的。他曾在街上看到有位穷妇人因卖馊了的玉米,被众人为难,挺身而出,向众人说馊玉米可以入药,他全部买下,然后再走到街角,悄悄把玉米全部倒掉。足见他的急公好义,古道热肠。

杜钢百前半生一直辗转各地,阅历丰富,在学界得遇名校、名师,结识了许多知名学者;又因积极于革命活动,开展统战工作,与政界人士也多有交往。广阔的人脉,自是有利于开展工作,也能在危难之际给自身及亲友带来一些便利,如他曾因为认识邓小平而逃脱过"革命工作小组"

---

[1] 吴其昌:《清华学校研究院同学录·杜钢百》,引自夏晓虹、吴令华编:《清华同学与学术薪传》第三辑,三联书店 2009 年。

的批判。交游之中,值得书写的也不在少数,这里我们仅略叙他与吴宓之交情。在清华当学生的时候,杜钢百曾作为代表要求辞退主任吴宓,但这丝毫未影响他们在西师共事的数十年中,成为彼此后半生互相帮扶的朋友。在《吴宓日记续编》中,常见有关于杜钢百的记载。他们一起讨论学术、商议工作;一起去成都开会,在街头漫步、游览、逛书店;以及吴宓帮杜钢百照顾小孩、联系学校等。1956年,杜钢百即将再赴北京之时,还与吴宓一起观昔日清华国学院旧照片,感慨万千。在杜钢百被"革命工作小组"批判羞辱之时,只有吴宓不顾自身安危,挺身而出,仗义执言,与"工作小组"辩论,同时劝慰杜要委曲隐忍,不要作无谓的抗争。而在"大鸣大放"之时,杜钢百从市委领导任白戈处探得风声,叮嘱吴宓要保重自身,千万不要坚持"教授治校"的观点。后来他们皆因"同意"高校实行党委治校,而让原本已在计划内的两个右派分子从名单上除名。吴宓逝世后,杜钢百沉痛悲叹:"想想雨僧夫子,竟然遭时不造,迍邅无所用其才,神州之大,却不能容一书生展其才学,后代学子也不能传其学术造诣,而蹉跎岁月,磨难20余年,岂不哀哉?岂不痛哉?"①

杜钢百天生聪颖,长于记忆,也善于记忆,他将所读之书皆默记于心。上课之时不用讲义,而将知识内容娓娓道来。与朋友、学生闲谈中,常将历史、地名典故信手拈来、脱口而出。还在教学中也特别强调记忆的重要性,为学生创造了"年代大事记忆法"、"连锁记忆法"、"歌诀记忆法"等。如讲到甲骨文四堂,可以用"连锁记忆法",王国维与罗振玉是儿女亲家,并为两"堂";还可以歌诀记忆法,"堂堂堂堂,郭董罗王,观堂沉渊雪堂化,彦堂人海鼎堂忙。"

二 学术研究

杜钢百前半生虽参与了不少社会活动,但教书为学是他的主业,他

---

① 引自张紫葛《心香泪洒祭吴宓》,广州出版社,1997年,第440页。

的内心也更倾向于作一名学者，最终还是选择了大学为安身立命之所。他的学术研究起步于师从廖平之时，研究领域集中在经学。他的经学研究成果是可观的，在二三十年代的教学过程中，先后撰写了《群经概论》、《经学通史》、《春秋研究》、《诗经研究》等讲义性质的著作，以及《孔氏撰春秋异于旧体文史考》、《公羊谷梁为卜商或孔商讹传异名考》等论文。时人对他的经学研究也是相当推崇的。1937年，《复兴月刊》举办"经学讲座"专栏，邀请他主笔，在介绍中写道："杜君早年侍井研廖先生函丈，继从海宁王国维、新会梁任公诸先生，初析今古家法，寻探汉宋门径。近则由清儒之朴学，而求经学之科学解释，本先儒之经世，而究经学之政教的意义。其于经学的批判，既无出主入奴之积习，而筚路蓝缕，亦有建树学统之苦衷。"①在建国后的文化环境中，经学研究无法继续，他的教学和研究都转向了史学，而各项运动的冲击又严重阻滞了学术研究，使得他后半生有才难施，成果较为薄弱，仅有《中国文史工具书使用辞典》，以及《刘知几的史学》、《张百祥革命事略》等文章。"文革"结束平反之后，他还打算重振经学研究，办经学班，编《经学大辞典》，可惜已力不从心，未能实现。

非常遗憾的是，杜钢百在民国时期的著作如《经学通史》、《群经概论》等都是石印或油印的，流传不广。《中国文史工具书使用辞典》据载曾在"文革"前由西师出版社油印，但现已不见存本。他自己的藏书与著作书稿，曾在1940年由港返川途中大量丢失，"文革"时期又将大部分书籍上缴，之后亦再未归还，就连最后所剩的书稿也因身后房屋无人看管，在拆迁之时未能及时搬出，全部遗失。以致现今能看到的研究成果十分有限，只有二十来篇已发表的文章和一篇手稿，主要是民国时期发表的研究经学和论经学教育的文章，以及追忆革命人物和事迹的文章。不过，仍有一点值得欣慰的是，在《论大学课程中之经学研究》一文中，有关于他的经学课程思路和著作的介绍，据此可以稍微了解其中内容。另一

---

① 《复兴月刊·经学讲座》编者题识，见《复兴月刊》1937年第5卷第10期，第1页。

篇《从当代思潮引出经学之认识与其批判态度》,也引用了《经学通史》中的部分内容,可为分析他的经学研究提供参考。

(一) 经学研究

《论大学课程中之经学研究》中共有"群经概论"、"经学通史"、"经学研究法"、"《诗经》研究"、"《论语》研究"、"《左传》研究"、"《春秋》研究"等七门课程介绍(其中"经学研究法"、"《论语》研究"、"《左传》研究"不确定是否有完整的讲义稿),由此可窥杜钢百经学研究之基本思路和观点。"群经概论"是从宏观角度论述经学与经书,包括经学之义界,经学在中国思想史之地位及世界学术上之价值,经书之本源及在历代之流变与发展,各部经书之核心问题如《诗》之"四始六义"、《公羊》之指称,以及经学的流派等,最后则聚焦于"以经学与近世各种科学提挈并论,申述经学之将来,而定理董之新方式"①。探求传统经学在新的时代和学术风潮下的传承和发展,是杜钢百研究经学的落脚点。"经学通史"则以史通观,"论述经学二千年之衍变,而观其与学术文化交互影响之迹"②。先从有文字记载以来至西周的典籍中推求经学思想之渊源,次论孔子与六经之关系,再叙由汉至清各时期经学变迁史。强调捐弃成见、打破家法,"不入主出奴,不似是而非,纯然以客观态度、辩证逻辑条分而析述之。"③"经学研究法"是专门的方法论,同样意在贯穿将中国传统经学研究与现代科学方法相结合、融通,提出二分其法。一为取古人已有之成法,即"通训诂"、"审文法"、"明体例"、"通家法"四项,以及参考经学目录、考辨真伪等。一为近世自然社会科学之方法,如观察、实证、分类、求原因、立定律,循此可为研究经学另辟蹊径、别立境界。"《诗经》研究"的提要中,他主要反驳了顾颉刚提出的读《诗》绕开传疏、直探文本以求诗旨的主张,认为研究《诗经》不能只追溯古初之史,而应于历代注解中探寻其衍生发

---

①② 杜钢百:《论大学课程中之经学研究》,《民治月刊》第一卷第二期,第45页。
③ 杜钢百:《论大学课程中之经学研究》,《民治月刊》第一卷第二期,第46页。

展之义,即使是纯文学研究,也当备采众说。"《论语》研究"中,主张研读《论语》应首考成书年代、题号定名,捃辑佚文校论真伪,然后推校历代注疏得失,最后会通考论孔子之思想。"《左传》研究"则分三方面,以比较《公羊》、《谷梁》审明家法,及与《易》《书》《诗》通观比较,作经学研究;以书中所载各诸侯国行事、礼乐刑法、军赋食货、地理历数、种族姓氏等资料作史学研究;以文体、文法之学作文学研究。"《春秋》研究",则先申明《春秋》非"断烂朝报",为孔子微言大义寄寓理想之作。认为研究主要分两端,一为讨本寻源,明孔子正名之义;一为考析传注,评定真伪得失。

虽然只是概述性的提要,仍可见杜钢百对经学已展开了全面的研究,从宏观的概论、学术史、方法论,到单部经典的个案研究一一涉及。且体系完整,有一以贯之的新经学思想和研究理路,即将传统经学研究成果和现代新的学术观念、方法结合,探求经学在当下的传承与发展。而《从当代思潮引出经学之认识与其批判态度》一文中,节录了《经学通史》中的部分内容,较为完整论述他对"明堂"的看法,又约略展现出他的著作在具体问题论述上的一点痕迹。文中他首先反驳顾颉刚对"明堂"的论断①,认为在孟子之前,明堂制度就已存在,是自周之先民开创而逐渐演变,并非孟子杜撰,并推测"明堂"之名来自"神明之堂"、"幽明之堂"或"文明之堂"、"明器之堂","本初民巫祝祀神之遗型,政教未分之通例"。② 关于古代"明堂"制度的解释一直存在争议,顾颉刚提出的明堂本指敞亮的大屋,是聚众集会之所,作为"明堂"原型的解释是得到普遍认可的,但受制于古史辨派追求史源而往往缺少历史发展观的局限,顾氏对汉儒诠释明堂的批判不无失当。根据现在的研究,以祭天、祭祖以及朝觐天子为主的明堂制度在周代已经形成③,以此观之,杜钢百对"明堂"

---

① 顾颉刚认为"明堂"之名最早见于《孟子》,孟子将"明堂"与王政牵合,赵岐注谓明堂乃周天子狩朝诸侯之处,以及后世将明堂作为天子举行各项活动的场所,皆是在《孟子》基础上的想象衍化。见顾颉刚《浪口村随笔》卷三《明堂》,辽宁教育出版社,1998年,第85—87页。
② 杜钢百:《从当代思潮引出经学之认识与其批判态度》,《复兴月刊》1937年第5卷第10期,第12页。
③ 参考张一兵《明堂制度研究》,中华书局,2005年,第491—495页。

的考述也有一定道理。当然,就"明堂"这类历来论争不断的复杂问题,本文不欲深究具体研究结论的是非,只想说明的是,文章中虽仅节录了《经学通史·明堂考》少部分内容,已有较为详实的材料,并得出了较为可取的观点,则可推想原著或颇为厚重,亦不乏创见。

今存杜钢百在经学方面的文章有共有七篇,皆于二三十年代发表。按时间先后,最早的是1926年在《实学》杂志上发表的《中庸伪书考》,从他早年所作同名长文中节选,仅载原文卷首部分。文中指出《中庸》非子思所作,亦非成于一人之手,主要沿用了宋人叶适、清人崔述的观点,个人观点不突出,但有明显受今文经学派影响的痕迹。1933年和1934年,他先后在武汉大学《文哲季刊》上发表了两篇"《春秋》学"专论。其中《公羊谷梁为卜商或为孔商讹传异名考》一文,对《春秋公羊传》、《谷梁传》的作者进行探究。在综述各家的基础上,发展了其师廖平"《春秋》授商,故齐鲁同举首师以氏其说"的观点,认为《公羊》、《谷梁》同出一源,皆为子夏所作。文中对前人的观点一一辨析,尤其是对古史辨派进行了有力的反驳,其结论亦可备一说。《孔氏撰春秋异于旧史文体考》一文,指出《春秋》与同时期及之前的各国史书的文体明显不同,主要是繁简有异,其他古史详于记事,而《春秋》却注重以字词寓褒贬,从而强调《春秋》具有寄寓理想的"经书"性质。作者在清人陈寿祺、徐哲东的基础上,列举九条证据,充分论证了这一观点。其说颇有见地,为后人所认可,如饶宗颐《春秋左传中之礼经及重要礼论》一文中对此表示肯定。文章材料丰富,论述全面,今人在论及该问题时,如赵生群《春秋经传研究》、过常宝《先秦散文研究—早期文体及话语方式的生成》等文,在某些方面有所发展,如关于《春秋》中"四时"问题的研究,但总体上并未超过杜文的范畴。故而此文在研究《春秋》文体、春秋笔法方面是颇具代表性的一篇文章。1937年,他发表了《经字考释与经名溯源》一文,提出"经"有广狭二义,广义上为"典""册",狭义指儒家经典。前人推究"经"字有"编丝"和"常"之争,便是分别从广狭着眼。同时,对卫聚贤解"经"字为纺织器具进行了批评。并从先秦两汉的古籍中,归纳整理出古人阐述的关于"经"字的多重内涵。

　　辛亥革命后,1912年学制改革,蔡元培宣布废除经科,将经书分纳入文、史、哲各科之中。此后,在政治、文化、学术等多种因素的牵缠下,关于学生是否该读经书、如何读经的问题被反复论争。1935年,国民政府提倡"新生活"运动,以"礼义廉耻"为核心思想,给时已饱受抨击的传统经学思想又带来了一丝复兴之望,"读经"问题亦再次成为焦点,引发了大规模的论争,当时《教育杂志》曾就此问题向全社会征文,还将大量来稿特辑专刊。在此背景下,杜钢百写了《从当代思潮引出经学之认识及其批判态度》、《论大学课程中之经学研究》、《评当代学者论儒家著作之失》三篇文章。三篇文章内容上虽各有侧重,但基本观念是一致相通的。在对经学的认识上,他认为经学具有独立性和特殊性,不应将各部经书分散纳入现代学科分类中,尤其反对古史辨派将经书的经学意义剥离,仅将其视为普通的文学、史学、哲学史料。对于"读经"问题,他强调经学所具有的学术价值及政教意义,积极呼吁大学开设专门的经学课程,并提出了较为具体的教学方案。在经学的教学、研究方法上,他提出应先从通论入手,学习基本概念和学术史,进而再习单部经典,并提出从史学考证、文学解读、哲学思辨等多角度研究经学。

(二) 其他研究

　　除了经学论文,杜钢百所作多为史学方面的文章。在赵彦青《杜钢百传略》中,提到杜钢百在西师时曾写过《孔子的历史哲学》、《司马迁的厥协六经异传整齐百家杂语》、《刘知几的史学》等,但都未曾公开发表,现已无法查找。今存者仅《张百祥革命事略》、《回忆王右木烈士》、《万县"九五"惨案纪闻》、《谈笑风生,惊涛骇浪》、《万县惨案与朱德、陈毅同志》等五篇回忆性质的文章,都关于川籍革命先驱或革命事件。张百祥和王右木分别是他的同乡和老师,"九五"惨案是他所亲历,这在前文都已介绍。他凭自己的见闻作为第一手材料来记录这些人和事,其真实性和详实程度均可以得到保障。这些鲜为记录的地方人事在他笔下被详细、生动地书写，其中尤以《谈笑风生，惊涛骇浪》一文对游说杨森和"九五"事件始末叙述得最为细致、清楚，有许多谈话和场面的细节描写，且融入了他个人的情感与思考，富有文采，史料性、文学性俱佳。这些文章对于研究地方史、党史都具有参考价值，也常为后代相关研究所引用。

其他的文章有三篇是关于教育的。教育问题一直是杜钢百十分关注的，尤其是大学教育中院系学科建制问题。在1926年关于清华研究院国学门存废和宗旨问题的讨论中，写了《北京清华大学研究院国学门发展计划书》。文中主张扩张研究院机构，在行政上引进师资、增藏典籍，学术研究上要甄别定本印行丛刊、重新编纂史书、编译海外汉学书籍、续修四库全书提要、编纂辞典类书、撰述专门史等。该计划思虑缜密、条分缕析、详实清楚。尽管研究院在三年后就停办了，但是他提出的几项关于未来学术研究的规划确实切中了关键，在之后数十年直至现在仍是文史研究的主要致力方向，足见他有敏锐的前瞻力、洞察力。三十年代他在中山大学、暨南大学中文系任教时，鉴于当时国内大学中文系建制不够成熟，命名混乱，课程设置不当等情况，他先后写了《与中山大学校长邹鲁先生论中文系(?)改革意见书》和《检讨国内大学中文系(?)之"名称""课程"及其组织》。前者就中山大学征求课程设置修改意见之请，对中文系之命名和课程安排都提出了具体的修改意见。文中除了再次强调他一贯主张的大学课程中应专设经学一门，还特别提出应增设"典籍"一门，主张加强古典文献学方面的教学与研究，甚至提出中国语言文学系之名称上应加上"典籍"二字。这也是有见地的，在今天的学科建制中，中文类二级学科即有文献学一门。后者主要针对中央大学文学院院长汪东提出的中文系宗旨及课程设置进行批评，其中关于课程分类不清、重复、厚古薄今(指古代文学重视宋以前而忽视元明清)等的批评意见都很中肯，言辞也较为犀利。

还有一篇《名原复音广证》，亦是择录早年所作《名原考异》的部分内容，发表于《实学》杂志。这是一篇语言学方面的文章，是关于上古音存在复辅音的讨论。他从汉语中存在合音、自反、一字重音等现象论证上古音存在复辅音的情况,很有创见。古汉语复辅音的问题由英国人艾约瑟最先提出,瑞典高本汉有进一步论述,而国内最先发表相关论文的是林语堂①,其写作时间应不比杜文早,且杜钢百原书有三卷,约二十余章,规模更大,应有更充分的论述。尽管古汉语是否存在复辅音至今仍有争论,但杜钢百在这一问题的研究上亦有开创之功。吴其昌所作小传中曾载:"君作《名原复音广证》,驻日公使汪衮甫君致吾社书,大张目云,怀之数十年欲吐,而为君先之。"②

(三) 杜钢百学术研究的特点

由上文所述,不难发现,杜钢百之治学为文,多有经世致用之意。这应跟他少时接触维新思想,又师从今文经学者,培养了学以致用的观念,以及素来心系时局与社会有关。他所写的文章,往往有很强的现实针对性,这从一些文章前的"识语"中,可以清楚看到他作文的缘由与目的,如《检讨国内大学中文系(?)之名称课程及其组织》之卷首"识语"云:

> 近年文法两科,为世诟病,故主校者,既有停办该两科之意(二十一年春邹鲁先生初任广州中大校长时,双方亦曾为文激辩,见广州《民国日报》三四月《副刊》)。而今之秉教者,又发实行限制文法科招生之名,此在教育原理与事实之研究固属不当,然如文科本身亦自有其缺点,斯亦不可为讳者也。兹篇所检讨者虽为文科中文系之局部问题,顾经此度解剖后之诊断书,尤足为健身运动者之处方先导。讳疾忌医,明达所戒,右文之士,亦乐乎有此也。③

又于文末陈词云:

> 以上所陈各节,皆平昔亲历各校所观感者,拉杂书此,冀为司教

---

① 1924年,林语堂发表了《古有复辅音说》,见《晨报·六周年纪念增刊》,1924年12月1日。
② 吴其昌:《清华学校研究院同学录·杜钢百》,引自夏晓虹、吴令华编:《清华同学与学术薪传》第三辑。
③ 杜钢百:《检讨国内大学中文系(?)之名称课程及其组织》,《新中国》第一卷第五期,第1页。

者政者之参证耳。若误以此检核为攻讦,则世无批判,亦将永无革新之机矣。①

又如《与中山大学邹鲁先生论中文系(?)改革意见书》开篇"识语"云:

> 此函草于二十一年夏六月,迄今已年余矣,虽学校稍有变化,然根本仍未改造。环顾各校,仍多同病,盱衡时局,尤觉急需。盖文化复兴,已成普遍之要求,而文化建设更宜集多士研究与协作也。兹篇所论,虽针对某君课程表面发,然于文化引端,不无一得之愚用,敢公诸教界,详为讨论,非敢谓管见即是,不过抛砖引玉,冀于学术前途,有所改进耳。②

在这些文字中,他将自己干预时政,为学校、当局积极建言献策之意表露无遗。他研究经学,将重心放在经学传承和教育上,其目的不仅在于汲取古代文化精髓以认识和理解当下社会之种种,还寄望在传统文化饱受批判和冲击的环境下,通过研究经学实现由文化复兴到民族之复兴。言道:

> 惟是民族复兴之先,应有一文艺复兴之正确领导,以为民族文化运动者之先路,故检讨文化之大部遗产,经学似亦应少数专家所应努力,已不能认为其非急要而抹杀其历史上之任务也。③

总之,理解杜钢百治学的态度和宗旨,需要看到他具有关怀现实的使命感。

杜钢百的经学研究也鲜明体现了经学在近代学术中的过渡和转型。辛亥革命以来,随着新的文化思潮涌入和教育体制改革,传统经学已基本归于消歇,学校教育中也取消了经科。廖平是传统经学最后一位大师,已为学界公认,而作为弟子的杜钢百的经学研究已与其师已有巨大

---

① 杜钢百:《检讨国内大学中文系(?)之名称课程及其组织》,《新中国》第一卷第五期,第10页。
② 杜钢百:《与中山大学邹鲁先生论中文系(?)改革意见书》,《教授与作家》第一卷第一期,第1页。
③ 杜钢百:《从当代思潮引出经学之认识与其批判态度》,《复兴月刊》第5卷第10期,第4页。

差异。廖平经学体系中最根本的正统观念,如尊经尊孔、尊三代、尊伦理纲常,已不再被认同;廖平经学研究的重心如明古今家法,亦不再被关注。在杜钢百这里,经学不再是性命之学,而是作为传统文化的重要部分,是需要被重新审视和研究的对象。对此,杜钢百有明确的认识,他曾在文章中反复申明:

> 至函中论及经学一事,亦与旧社会一般遗老所提倡之读经救国殊科,既非提倡封建道德,亦非恢复其宗法社会,盖从纯客观学术史料立场,以研究古代文献,探寻古人思想而已,尤非劝告国内中小学强其必修,特献议于最高学府之大学者,似觉凡欲认识我国先民之文化,则势必应有此专门研攻之科目。①

> 余非主恢复光绪末叶所订学堂章程之制也,其时大学堂文科之外有经学专科,盖犹沿科举之遗制,告朔饩羊,略存旧型。故其时学者,有服习而无讨论,知经籍而不知其余,诵读墨守,昧于时趋。夫知古而不知今,其极也并古已无所真知,此则徒能为贴括之学者、制艺之文,重为经学增其蒙翳耳,岂所敢语于研究哉?所谓研究之法者,在使学者通其条贯,明其本真,顺流以溯源,因迹以求心,不杂成见,纯任客观。②

在反对"尊古"同时,他亦反对过分"疑古"而使经学遭到过度抨击,云"至于新派则一以疑今惑古、杵击孔子为能事,举一切中国之弱点,而尽以相付。窃以为疑今惑古非不可,但当不以成见出之。"③

杜钢百坚持经学的主体性,极力反对将经学瓦解而将经书分别纳入现代学科分科中,主张保持经学的完整性和独立性。他以发展的眼光,试图以新的知识理论构建起新的经学体系,提出新的经学概念和研究方

---

① 杜钢百:《检讨国内大学中文系(?)之名称课程及其组织》,《新中国》第一卷第五期,第1页。
② 杜钢百:《论大学课程中之经学研究》,《民治月刊》第一卷第二期,第40页。
③ 同上文,第45页。

法①。在对经学的整体认识上,他基本将经学等同于哲学,指出:

> 盖经学之为物,适如社会学然,固综合各种生活样式而自成结构者也。其所申述,若为陈迹,而因事寓理,逐时流转,自上世以迄于今兹,推以至于将来,固时时昭示人生轨范,绵延创造,垂著常法。由自然社会推而至于思维,亦时时组成理则,自我认识,弥纶宇宙。惜今兹尚未完成,未能与世人新的认识耳,但前途光明,来学难诬,努力以创造此新经学运动,是又所望于科学运动中具正觉之大勇者也。②

并对经学下一简要明确的定义:"以系统组织的思考,求宇宙人生之法则,研究个人与集团演进之正确轨道,而达一天下共同的合理的人生行动与理想者,是为经学。"③从这些叙述中,杜钢百仍将经学视为"恒常的价值和道理",这与传统学者的观念似乎并无二致,所不同的是,他认为的"恒常"不是固定在某一时代或某人身上,而是随着时间在不断衍生新变。而在经学研究方法上,如前文所述,他坚持求"真",主张以观察、实证、考辨等方法研究经学,又体现出向史学研究方法过渡的倾向。台湾学者王汎森在比较廖平与其另外一弟子蒙文通的学术差异时,曾论道:"廖平用他独特的经学体系支撑起庞大的价值系统和西方对抗,但置身于现代学术社群中的蒙文通不像老师那么自由,他的史学工作必须在现代史学社群中受到检验,他只能是历史主义式的,就像历史上的儒家在当时的历史情状中所值得肯定的部分加以阐发。前者可以任意构建包罗广大的系统,后者只能守住几根顶梁柱。一个是经学,或哲学地肯定传统文化,一个是历史地肯定传统文化。"④杜钢百虽然并未像蒙文通那样将研究视角从经学转向史学,但是在以史学的态度和方法来研究经

---

① 在他所著《经学界说抉微》及《论经学之特殊性与综合性》两文中,有关于对经学概念、性质的集中论述,可惜现已无法查找原文,只能从其他文章所引片段进行简要论述。
② 杜钢百:《论大学课程中之经学研究》,《民治月刊》第一卷第二期,第38页。
③ 同上文,第40页。
④ 王汎森:《从经学向史学的过渡——廖平与蒙文通的例子》,《历史研究》2005年第2期,第74页。

学,从而更加科学、理性地肯定传统文化这点上,他和蒙文通是有相通之处的,甚至在一些具体的观点上都是一致的,如他们都肯定经学的主体性,反对以现代学科划分经学。① 在他们身上,都体现出在新旧交融之际,努力将传统经学纳入新的学术体系中的痕迹。在1949年后,经学研究曾长期停滞,直至近十数年才又逐渐重启,而现今的经学研究,就态度和方法而言,跟杜钢百在30年代所提倡的仍大体相通。故而又不免再次感叹,若杜钢百的经学著作能完整保存,应能给今天的研究带来更多的启示。

杜钢百一再强调以新理论和科学方法研究经学,他所谓新的理论和方法除了史学实证以外,明显还包含了马克思理论。他将马克思唯物辩证理论运用到经学研究中,从上文提出以动态发展来定义经学价值便可见一斑,而这在他的文章中还有多处体现。如他就《论语》中所载孔子言论前后矛盾的问题,批评钱穆、冯友兰的观点,云:"然则《论语》言天之有矛盾,故徵诸上列所引者而知其为事实矣,奚能否认矛盾事实耶。凡此之失,固皆由钱、冯诸先生仅注意静的观察,而不以辩证逻辑以考核其动态之结果也。不知人类思想,每随时空而有所变迁,此梁任公所以自承'不惜以今日之我,与昔日之我挑战'之为事实乎?"②这里显然套用了马克思矛盾对立统一理论。又如论经学之渊源,云"经学之产生,初原于生活六艺之劳动技术,继成于典籍六艺之思维规范,是则彼之本身,由外界事物之现象反映,从而构成思维之理则。故考历代载籍,体验身心物质而可徵者也。"③亦是清晰地带有唯物论的印迹。且他在文章中也明确提出了唯物辩证法之于经学研究的价值,云:"按宇宙无常,一切皆变,此固权衡真理之定律。故一切历史均属迁流,亦属不能否定之事实。然则欲

---

① 蒙文通《论经学遗稿三篇》中曾言:"自清末改制以来,昔学校之经学一科遂分裂而入于数科,以《易》入哲学,《诗》入文学,《尚书》《春秋》《礼》入史学,原本宏伟独特之经学遂至若存若亡,殆妄以西方学术之分类衡量中国学术,而不顾经学在民族文化中之巨大力量、巨大成就。"引自《蒙文通全集》第3卷,巴蜀书社1995年版,第150页。
② 杜钢百:《评当代学者论儒家著作之失》,《教授与作家》第一卷第一期,第15页。
③ 杜钢百:《从当代思潮引出经学之认识与其批判态度》,《复兴月刊》第5卷第10期,第15页。

时时把握真理者,必逐时注意演化明矣。此种方法,用之哲学研究,胡适之教授谓之'察变'……此其法在今日动的逻辑(唯物辩证法)阐述中,推寻事物真理与历史真象研究,尤能说明其正确与合理。"① 杜钢百青年时就接受了马克思主义思想,到了三十年代,马克思理论对中国文学、史学研究已有了广泛的影响,故而他很自然地援引马克思理论用以解释经学概念和研究方法等。不过,马克思思想只是杜钢百运用的"新"理论方法中的一种,他所接受和运用的研究方法是多重的,甚至是他所不自觉的。他的文章中偶尔有不甚连贯清晰、互相抵牾之处,或许便是交杂着多种观念而未完全消化、整合的缘故。

杜钢百,因名中有"炼"字,故字钢百,寓以百炼成钢之意。吴宓曾对他说:"夫百炼之钢,宜达绕指之柔。"在历经磨难之后凸显出坚韧,这是对杜钢百的劝勉。钢之柔韧,正是杜钢百特出之性情。而他又"岗柏"一名自称。岗上之柏,孑然独立,坚毅挺拔,久经风霜,正直不屈,亦可谓是他的风骨写照。在他身上,还可以明显看到处在新旧交替、世事多变的时代的知识分子,带有的复杂和矛盾。出身富裕大家,却为追求自由而叛逆走上离家求学之路;一面接受激进、新潮的马克思主义,一面却学习钻研已被视为守旧落后之代表的经学;积极投身于革命活动之中,又对书斋讲堂恋恋不舍……正是这样的矛盾交缠,造就了他丰富多彩甚至具有一定传奇性的前半生。而在他的后半生,这一切似乎都归于沉寂,时代打倒了经学,限制了民主运动,甚至拆毁了课堂讲台,留给他们的是有才难施的困顿与残酷无情的批判。更令人的叹惋还是,杜钢百自藏的书稿文字未能存下只言片纸,而今只有在仅剩的零星材料中去书写他的人生与学术研究,不知道能在多大程度上还原这位博洽多才的"多宝道人"。

付 佳

---

① 杜钢百:《从当代思潮引出经学之认识与其批判态度》,《复兴月刊》第5卷第10期,第9页。

《中庸》伪书考

恉例第一

治学不明时代，则思潮之先后次序必紊。读书不别真伪，则学术之本来面目不见。故居今日而言治国学，首便重材料之审定。良以阐明学术，最重得学术真象；而整理学术，尤须知沿革与线索。盖据无征之书籍，以为研究之资料，则嫥攻结果，绝无良好影响，综其失也，当如左方：

1. 失各家学说之真象……其蔽也诬妄古人
2. 乱学说先后之次序……其蔽也颠倒因果
3. 错学派相承之系统……其蔽也淆混思想

为学不辨真伪，其所得不好影响，固非仅如上所陈述。若夫虚耗精神，得不偿失，障雾学术，与妖作怪，则更引起人心之憎恶，减轻学术之价值矣。然则由斯以谈，彼辨伪手段，恶可视为缓图？世之欲研治国学者，其亦知所从事也夫！

吾国载籍，浩如渊海，其材料之丰富，世界各国，曾莫能与之京。然而理董成绩，则"瑕瑜参半"、"真伪难揉"甚多。试一披览略班《志》，其所记载书目，大都十之八九，皆为后人所依托。细读姚际恒《古今伪书考》、

《诗经通论》、《礼记通论》，胡应麟《四部正讹》、《二酉缀遗》，叶水心《习学记言》，万斯同《群书辨疑》，宋濂《诸子辨》，廖平《辟刘篇》，纪晓岚《四库全书提要》，康有为《新学伪经考》，暨欧阳修、朱晦庵等集，当知前哲成绩之匪诬矣。

虽然，姚、胡诸君，其于诸子著作，曾能拨开云雾，俾睹青天，至若经传载记，则仍金科玉律，奉为典要，而不敢持怀疑态度，作考订功夫。是故坊间通行之《尚书》，直至阎百诗、惠松岩断为梅赜之伪古文而成定案。又如今日流传之《周礼》，亦直到廖平、康有为始断为刘歆的伪制度而成铁案。甚矣！经典之尊严，圣哲之权威，其箝制人口，束缚人心也有如是乎！

《中庸》一书，旧谓子思之作，然考核其文，前人如叶水心等，固已怀疑之矣！无如圆谎者多，曲为疏解，所以聚讼至今，迄无定论。清儒戴氏东原，固善为考订者也，其于《中庸》则因郑玄之旧，成《〈中庸〉补注》若干卷，究其考定伊谁之作。井研廖师，亦尝自出手眼，而不因仍旧母者，殊所著《大中讲义》，祇陈述其所翻天人学说，而于作者本身，仍信为子思之学。南海康有为氏，号称富有"笛卡尔精神"者，然而观其《〈中庸〉注》一书，其于该书真伪问题仍未尝措意焉。晚近胡适，其治学也，则处处具有怀疑精神者，其于《大学》、《中庸》两书，且直定为孟荀以前之作，具征鱼目混珠，辨别綦难，成说所蔽，贤哲不免。兹编之作，即本怀疑态度、辨伪方法，研究结果、所得之成绩也，是否正确，殊不敢必，质诸达人，惠而教我！

往昔先哲撰著，叙例殿后：《庄子·天下》、《史公自序》、《淮南·要略》等，其成例也。顾为述说便利计，特先揭橥如左：

学探本源，事溯领纲，扫清障雾，发为文章，董理群言，折衷典常，有物有则，幽渺张皇，述恉例第一。

书无尽信，半属伪传，托古改制，圣哲犹然，城高池深，壁垒森严，攻坚蹈隙，则有先贤，述志疑第二。

罗列藏证，矛盾其言，条分缕晰，逐予驳难，疑狱定案，发伏谪奸，考定方略,科学为先,述辨伪上第三。

溯源历史,求睹本真,旁搜远绍,取材群论,清儒汉学,疏通证明,比勘参详,敢师前型,述辨伪下第四。

我虽平允,人目非常,此惊异义,彼谓疯狂,论难迭起,每多倜傥,设为问答,疑解冰霜,述客难第五。

宇宙真理,普遍皆同,古今圣哲,无间西东,典籍伪撰,仅属时空,道予新评,允持厥中,述论衡第六。

志疑第二

予于《中庸》,夙亦未尝怀疑,嗣读梁晋竹《两般秋雨庵随笔》,而始注意研究,尽于其设喻用字之处,曾揭出一强有力证据,谓其非思作而疑为伪撰也,其言曰:

> 叶书山庶子谓《中庸》一书,非子思所作,其说云:"伪托之书,罅隙有无心而发露者,孔孟皆山东人,论事俱就眼前指点,孔曰曾谓泰山,又曰泰山其颓,孟子曰挟泰山以超北海,又曰登泰山而小天下,就所居之地,指所有之山,人之情也。汉都长安,华山在焉,《中庸》引山称华岳,明明以长安之人,指长安之山,其为汉儒伪托无疑。"

读此论证,觉其言之凿凿,理由充足,则深用表同情焉,愿亦未敢遽信,颇思就正大雅,时予从井研廖师游,因执此疑以问,殊以廖师之强为疏证,而此一线光明,遂再蒙蔽而忽焉中止。

廖师井研学说,固毕生以尊孔尊经为志者也,其于诸子有疑,传说有疑,师承有疑,若夫圣贤经典,凡疏证之成学说者,彼固信奉之为科律。且其所翔天人学说,尤以《中庸》为根据,故祗阐明其学理,而于该书真伪,则付诸阙如焉。(按:廖师天人学说,应于学理方面所谓自成一家书者是也,与此处考订无涉,介绍批评另详。)廖师既别有其经学系统研究,对于此书,自认为孔伋之作,故曲为之解曰:"华字古义训大训高,彼《中庸》书华岳云者,犹言高大之山耳,非实指西岳华山也。"予当时亦觉其持之成理,亦遂信之不疑,故不复继续探索考究焉。

嗣于图书室中,检读叶水心之《习学记言》,其于《中庸》作者,则颇著传疑之辞,其言曰:天命之谓性,率性之谓道,修道之谓教,道也者,不可须臾离也,可离非道也,此章为近世言性命之总会。按《书》称"唯皇上帝,降衷于下民",即天命之谓性也,然可以言降衷,而不可以言天命,盖万物与人生于天地之间,同谓之命。若降衷则人固独得之矣,降命而人独受,则遗物,与物同受命,则物何以不能率而人能率之哉!盖人之所受者衷,而非止于命也,《书》又称若有恒性,即率性之谓道也,然可以言若有恒性,而不可以言率性,盖已受其衷矣。故能得其当然者,若其有恒,则可以为性,若止受于命,不可知其当然也,而以意之所谓当然者率之,又加道焉,则道离于性而非率也。《书》又称"克绥厥猷惟后",即修道之谓教也,然可以言绥而不可以言修,盖民若其恒而君能绥之无加损焉耳。修则有所损益而道非其真,道非其真,则教者强民以从已矣。且古人言道,顺而下之,率性之谓道,是逆而上之也,夫性与道合可也,率性而谓之测,则以测合性,将各徇夫人之所安,而大公至正之路,不得而共由矣。孔子曰:"谁能出不由户,何莫由斯道也。"夫由户而出,虽无目者,亦知之,况有目乎?以此喻道,可谓明而切矣。而此章曰"道也者,不可须臾离,可离非道也",夫自户而出,则非其户有不出者矣,今日不可须臾离,则是无往而非户矣,无往而非户,则不可须臾离者,有时而离之矣,将以明道,而反蔽之必自此言始。

子曰:"道之不行也,我知之矣,知者过之,愚者不及也,道之不明也,我知之矣,贤者过之,不肖者不及也,人莫不饮食也,鲜能知味也。"按孔子称师也过,商也不及,然则师愈欤?曰过犹不及,夫师之过,商之不及,皆知者、贤者也,其有过不及者,质之偏学之不能化也。若夫愚不肖,则安取此道之不明与不行,岂愚不肖者致之哉!此害犹小,不过涉道寡浅而已。今将号于天下曰:智者过,愚者不及,是以道不行,然则欲道之行,必处知愚之间矣,贤者过,不肖者不及,然则欲道之明,必处贤不肖之间。且任道者,贤与智者之责也,安其质而流于偏,故道废,尽其道而归于中,故道兴,愚不肖者何为哉?合二者而并言,使贤智德役于愚不肖而其害大矣。饮食知味,自为一章,犹足以教世也,若系此章之下,是以贤智愚不肖同为不知味者,害尤大矣,此《中庸》之贼,非所以训也。舜好问而好察迩言,隐恶而扬善,执其两端,用其中于民,按《书》称舜告禹:"人心惟危,道心唯微,惟精唯一,尤执厥中,无稽之言勿听,弗詢之谋勿庸。"此章因其言而失之,且使两端执而后可言中,则《洪范》所谓建皇极者,岂其铢举而寸量之哉!孔子于尧舜独赞君道,至《礼记》及《孟子》,殆与学者同辞,疑亦非孔氏本指也。

君子素其位而行,不愿乎其外,素贫贱行乎贫贱可也,素富贵行乎富贵可也。在下位不援上可也,在上位止于不陵下,未尽其义也。《论语》称:"君子无所争,必也射乎,揖让而升,下而饮,其争也君子。"《孟子》称:"仁者如射,射者正己而后发,发而不中,不怨胜己者,反求诸己而已矣。"《中庸》乃言:"射者有似乎君子,失诸正鹄,反求诸其身,虽若不易,然以人为主,则有得于物;以物为主,则无得于人,故君子可以似射,而射不可以似君子。"若果子思之言,恐其义亦未精也。……汉人虽称《中庸》子思所著,今以其书考之,疑不专出子思也。(卷八十八)又曰:《中庸》未必子思所作,其徒所共言也(卷四十四论荀子)。

读此而怀疑之研究又起,继又读崔东壁《洙泗考信余录》,更直斥其非孔伋作,其言曰:"《中庸》必非子思之作,盖子思以后宗子思者之所为书,故托之于子思,或传之久而误以为子思也。"(卷三,一八页)

复次,更观其怀疑之点,亦确有其充足理由:

世传《戴记中庸篇》为子思所作,予按孔子、孟子之言,皆平实切于日用,无高深广远之言,《中庸》独探赜索隐,欲极微妙之致,与孔孟之言皆不类,其可疑一也。《论语》之文,简而明;《孟子》之文,曲而尽。《论语》者,有子曾子门人所记,正与子思同时,何以《中庸》之文,独繁而晦,上去《论语》绝远,下犹不逮《孟子》,其可疑二也。"在下位"以下十六句,见于《孟子》,其文小异,说者谓子思传之孟子者,然孔子、子思之名言多矣,孟子何以独述此语?孟子述孔子之言,皆确孔子曰,又不当掠之为己有也,其可疑三也。由是言之,《中庸》必非子思所作,盖子思以后宗子思者之所为书,故托之于子思,或传之久而误以为子思也。其中名言伟论,盖皆孔子、子思相传之言,其或遇于高深,及语有可议者(若追王太王、王季之类),则其所旁悉而私益之者也。又"哀公问政"以下,《家语》亦有之,至"择善而固执之者也"止。其中每隔数语,即有公曰云云以发之,朱子以诗学以下为子思所补,而公曰云云,乃子思所删。余按《论语》所记孔子之言,未有繁致数百言者,而继绝举废、朝聘以时,皆天子之事,孔子之告哀公何取焉?盖孔子之告哀公,本不过十余言,其后则撰书者推演其说,是以好学之句,又以子曰发之。今世所传《家语》,本后人所伪撰,彼盖不知孔子之言之于何止,故采其文逮于"择善固执耳",其公曰云云者,词理浅鄙,且增此数句,前后文义,亦间隔不通,乃其所妄增无疑也。嗟乎,《中庸》之文,采之《孟子》,《家语》之文,采之《中庸》,少究心于文义,显然而易见也。乃世之学者,反以为《孟子》袭《中庸》,《中庸》袭《家语》,颠之倒之,人岂不以其名哉。韩子云:"然后可以识古书之正伪。"嗟呼!嗟呼!此固未可以轻言也。

世传《中庸》四十九篇,而今《戴记》止有《中庸》一篇,说者谓其四十八篇已亡,以余观之,今世所传《中庸》,非一篇也,何以明之?自"天命之谓性"至"唯圣者能之",仅数百言,而中庸之文凡九见,中之文凡六见,其余他文,亦皆与中庸之义相关。自"君子之道"以后数千言,皆与中庸之义不相涉,中庸之文仅一见,而又与广大、精微、高明之文平列,非意之所专注,其可疑者一也。"君子之道"以下,皆言日用庸行之常;"鬼神为德也"以下,皆言礼乐祭祀之事,迥不相类。"哀公问政"以后,词意更殊。朱子曲为牵合,以"道不远人"三章为费之小者,"舜其大孝"三章为费之大者,哀公以后为兼小大,其说固已矫强。而鬼神章明祭祀之事,乃以鬼神为道,为一气之曲伸,而以齐明盛服数语,为借祭祀之鬼神以明之,一章之中,凡为两说,委曲宛转,以蕲合于费隐之义,其可疑者二也。自"天子至诚为能尽其性"以下,皆分天道人道,而"愚而好自用"一章,其文不类,"聪明睿智"二章,其序不符,则又小德大德、不倍不骄分释之。"愚而好自用"一章,以为不倍固已,"王天有三重"章,其为不骄者何在?其可疑者三也。按《汉书·艺文志》称《乐记》二十三篇,今《戴记》亦止一篇。然以《史记》及前人之说考之,则今《乐记》实十三篇,戴氏删其十篇而合此十三篇为一篇耳,然则《中庸》亦当类此,盖戴氏删其三十余篇而取其未删者合为一篇也。以其首篇言中庸之故,通称为《中庸》,犹首章为檀弓,遂通称为《檀弓》,首章言文王世子,遂通称为《文王世子》。古者以竹为简,其势不能多,后世易之以纸,故合而录之,因不复存其旧目耳,以今《中庸》通为一篇,而谓四十八篇尽亡,误矣。

《中庸》不但非一篇也,亦不似出于一手者,其义有极精粹者,有平平无奇者,间亦有可疑者,即所引孔子之言亦不伦,何以参差若是?其非一人所作明甚,细玩则知之矣!

予得此强力之左证,而辨伪之心遂坚,助我张目者有人,而研究之兴味益浓,于是探赜索隐,比类研义,旁搜实证,互相参详。自兹考核以来,愈觉伪迹昭然矣,爰集所见,以质达者,世之君子,其能予以指正乎?则馨香祷祝,跂予望之矣!

(原连载于《实学》第一、第三期,1926年)

公羊谷梁为卜商或孔商讹传异名考

《公羊》《谷梁》二传之研究,已二千年于兹矣,顾仅见该两书义例之探索,鲜有就传授者本身而考核,惟宋儒对此问题,稍有论列耳。

罗璧曰:"公羊、谷梁自高、赤作传外,更不见有此姓,万见春谓皆'切韵脚',疑为姜姓假托。"(《经义考》引《子苍遗识》,《四库提要》所引同此)

朱子曰:"公、谷大概相同,所以林黄中说只是一人,然而看他文字,疑若非一手者。"(《朱子语录》)

罗长源曰:"炎帝之后,不言有公羊、谷梁氏。"(《曝书亭集》引《路史》)

善化皮氏锡瑞驳之云:"邾娄为邹,勃鞮为披之类,两音虽可合为一字,《越绝书》以口为姓,承之以夫,朱子注《楚词》,自署邹䜣,古人著书,亦有自隐其姓名者,而二子为经作传,要不应自隐其姓字。至谓公羊、谷梁,高、赤外不见有此姓,则尤不然。《礼记·檀弓》明云'鬻巾以饭,公羊贾为之也',何得谓公羊高外不见有公羊姓乎?疑公羊贾即《论语》之公明贾,公羊高即《孟子》之公明高。高,曾子弟子,亦可从子夏受经。古读明如芒,诗'以我齐明,与我牺羊'为韵,明、羊音近,或亦可通。是说虽未见其必然,而据《礼记》,明明有姓公羊者矣,《汉书·古今人表》有公羊、谷梁列四等,必实有其人。"云云。末谓"近人又疑公羊、谷梁为卜商转音,更无所据"(见《春秋通论》九页),则又隐诋井研廖先生之说也。

钢百按:宋人罗、林之疑诚是,惟论证不充耳,若井研廖师以公羊、谷梁为卜商转音,则颇有佐证,未可厚非,惟假设前提,应稍修改耳。予意公、谷二师,固无其人,然据卜商音转事,虽可断推先秦别有古传(说详拙著《春秋古传考》),而二传之编著,如武断为肇始西汉景武时代,则实无以解于诸后师之增益。诚以凡所增益之后师,如沈子、高子、司马子、子北宫子之流,类皆先秦经师。以此推证,则所由来者更远矣。故考索先秦卜商所传古传义为一事,推核《公羊》、《谷梁》二传歧编为一事,上溯公、谷为以孔商首师氏学之音讹,又一事也。故不析此科条,分别论斠,则含胡笼统,治丝益纷,兹篇专辨首师氏学口传音讹事,故对前列二事,暂不赘及,惟旧说根深,牢不可破,兹故先辟其谬,再寻厥真,若夫能破与否,能立与否,则愿安承教,敬俟来哲。

考《公羊》、《谷梁》二传,书虽始录于西京,《汉书·艺文志》仅有:"《公羊传》十一卷,公羊子,齐人","《谷梁传》十一卷,鲁人"之语,而不有其他,名犹未见于典籍。《汉书·古今人表》亦仅云公羊子、谷梁子而列之四等,并不注其人名,具征东汉之初,公、谷名均无。稽延及后汉,忽创获其名,并明其传授系统,愈后愈详,宁非怪事?然而公、谷二书既行,于是历史上遂平添两人物矣。

《公羊疏》引《戴宏序》云:子夏传与公羊高,高传子平,平传子地,地传子敢,敢传子寿,至汉景帝时,寿乃共弟子齐人胡毋子都,著于竹帛。(胡毋生题亲师,故曰公羊,不曰卜氏。谷梁亦是著竹帛者题其亲师,故曰谷梁。)

杨士勋《谷梁疏》云:谷梁子名俶,字元始,鲁人,亦名赤,受经于子夏,传孙卿,卿传鲁人申公,申公传博士江翁。

按此源流,是否伪造,姑无论,惟就而考之,颇多矛盾,兹分述之:

(1) 按子夏生时，为公历前507年(据《孔子世家》、《十二诸侯年表》、《弟子列传》为周敬王十三年，鲁定公三年)，其没时约在公历前407左右(据《弟子列传》、《吕览·当染》、《察传》为魏文侯师事推证)，下距景帝后元三年，则为公历前140年矣(据《史记·儒林传》、《春秋繁露·玉英篇》推证)。所谓五世相传者，实只间隔四代，准此类推，相差太远。假如子夏将没之年，公羊高受学时为二十岁，而景帝即位之二年，为公羊寿、胡母子都著录之年，缩至最少年代，则此中相距，亦已二百五十余年，故公羊高五传而及公羊寿，则以四代除之，每代须六十三岁生子，而皆享上寿，否则不能至汉。故近儒崔适，亦尝深致怀疑，其言曰："且合《仲尼弟子列传》、《孔子世家》与《十二诸侯年表》、《六国年表》、《秦本纪》汉诸帝纪观之，子夏少孔子四十四岁，孔子生于襄公二十一年，则子夏生于定公二年，下迄景帝之初，三百四十余年，自子夏至公羊寿，甫及五传，则公羊氏世世相去，须六十余年，又必父享耄年，子皆夙慧，乃能及之，其可信乎？"(《春秋复始》卷一《序证》)

(2) 子夏没时(为公历前407年左右)，下距孙卿生时(为公历前315年)，凡九十余，谷梁赤既上受经于子夏，下传学于荀卿，则其人非寿至百数十岁，不克如此承前启后也。

似此粗疏莽裂，不待智者而立辨其伪，于是糜信、桓谭为之弥补，谓其为秦孝公时人(《经义考》引)，亦见其游谭无根矣。又考桓六年《传》："子公羊子曰，其诸以病桓与。"宣五年《传》："子公羊子曰，其诸为其双双而俱至者与。"顾炎武曰："称子冠氏上者，着其为师也，其不冠子者，他师也。"(见《日知录》卷四)似此自作自引，古无其例，则旧谓公羊作传者，当反舌无声矣。

若谷梁，伪名尤繁，至有六说：(1)《汉书·艺文志》班固自注仅云："谷梁子，鲁人。"而颜师古《汉书注》则云："名喜。"(2)清钱大昭《汉书辨疑》据《闽本汉书》作"嘉"。(3)应劭《风俗通义》云："谷梁名赤，子夏弟子。"(陆淳《春秋纂例》赵匡引)而桓谭《新论》(《太平御览》引)、蔡邕《正交论》及陆德明《经典释文叙录》引糜信注均作谷梁赤。(4)而王充又云：

"谷梁名寘。"(《论衡案书》)(5)阮孝绪《七录》暨《元和姓纂》引《尸子》语作"谷梁俶"。(6)而杨士勋《谷梁传疏》又作谷梁淑。在刘歆《七略》、班固《汉志》所不知者,厥后竟选出"喜"、"嘉"、"赤"、"寘"、"俶"、"淑"六伪名,然则究将何所取信耶?

且公羊时代,亦各异说,或云时维战国(应邵《风俗通》:"公羊高,子夏弟子也",则为战国初人),或云西汉初人(何休隐二年纪子伯莒子注:"其说口据相传,至汉公羊氏及弟子胡毋生等乃始记于竹帛。"),似此分歧,究将谁真?夫先秦既无其名,后汉亦少其姓,则公谷二子,有无其人,自成问题矣。

考公、谷源流,既同出子夏,而举首师以氏其学,又当时学者恒情,故如管、晏后学之增益,仍题曰《管子》、《晏子》,墨翟门人之闻述,仍附《墨经》,称《墨说》。若谓题名公、谷,系后师故,则观其所称引者,如《公羊》所记则引子沈子曰凡三(1. 隐公十有一,2. 庄公十年三月,3. 定公元年),引子公羊子曰凡二(1. 桓公六年,2. 宣公五年),引子司马子曰一(庄公三十年),引子女子曰一(闵公元年),引子北宫子曰一(哀公四年),引鲁子曰六(1. 僖公五年,2. 二十四年,3. 二十年,4. 二十八年,5. 庄公三年,6. 二十三年),引高子曰一(文公四年),引公扈子曰一(昭公三十一年)。而谷梁所征引者,则有谷梁子曰一(隐公五年),尸子曰二(1. 隐公五年,2. 桓公九年冬),引沈子曰一(定公元年),似后师累累,被胡不云《沈氏传》、《尸氏传》、《北宫传》、《司马传》,而必至西汉以后,乃忽曰《公羊传》、《谷梁传》,则其内必有远源,自可长思矣,觇此亦可证其以首师名学而分歧致误之由非无故矣。

夫如是,则其为卜商声均之转,自属可能。夫同传《春秋》,同为子夏之门人,而"公"、"谷"同在见母为双声(发声同为 g 音),而韵部又为屋东对转。"羊"、"梁"同在阳韵为迭韵(收声同为 oŋ 音),其声纽偏又来同阻,天下断未有如此巧者。

考《春秋》三传,同元音变之事,其例实繁。如春秋僖公元年冬十月壬午,公子友帅师败莒师于"丽"(鲁《谷梁》),而齐传《公羊》作

35

"黎",《外传》《左氏》作"郦";又如僖公二十一年,宋公、楚子、陈侯、蔡侯、郑伯、许男、曹伯会于"雩"(鲁《谷梁》),《公羊》作"霍",《左氏》作"盂"(例多不赘引)。而同为阳均(on)音转事,其征亦夥,如成公三年,晋郤克、卫孙良父伐"廧"咎如(鲁《谷梁》),《公羊》作"将"咎如,《左氏》作"墙"咎如。又如《春秋》襄公二十一年,陈侯之弟"光"出奔楚(鲁《谷梁》),《公羊》同此,而《左氏》作"黄"(例繁不赘引)。其同为见母而音变者,《春秋》亦有其例,如昭公元年,齐国"弱"……郑"罕"父……于"郭"(鲁《谷梁》),《公羊》作齐国"酌"……郑"轩"父……于"漷",《左氏》作齐国"弱"……郑"罕"父……于"虢"。似此"郭"音既可变而为"虢"、为"漷",则"孔"何尝不能变而为"公"、为"谷"之音乎?"光"既可变而为"黄","廧"既可变而为"将"、为"墙",则"商"何尝不能变而为"羊"、为"梁"乎?故吾谓鲁齐异读,字殊音同,则其为首师氏学,而为孔商之转音,似无疑义,何得谓之无据乎?藉曰无据,则四家诗同音异字,三传人地异名,奚能解释?兹再举例证明之。如"蔑"之与"昧",隐公元年,《公羊》:"公及邾仪父盟于昧",《谷梁》:"公及邾仪父盟于蔑",《左传》同《谷梁》。"裂繻"与"履緰",《左传》:"九月,纪裂繻来逆女",《谷梁》:"九月,纪履緰来逆女",《公羊》作"履繻"。"州吁"之与"祝吁",隐公四年,《公羊》:"戊申,卫州吁弑其君完",《谷梁》:"戊申,卫祝吁弑其君完",《左氏》同《公羊》。"祁黎"之与"时来",十一年,《公羊》:"夏五月,公会郑伯于祁黎",《谷梁》"夏五月,公会郑伯于时来",《左传》同《谷梁》等。其可谓之为二人、二地乎?如知此等之系歧而为二,则公、谷为孔商之歧,又何足疑乎?

复次,尚征皇古谱牒之学,以一姓而歧为数姓者,其例尤繁,溯厥源流,或由字形之讹误,或因字音之变迁,嗣此校读无人,遂讹以传讹矣。谨举由音转者数事,以证非妄。如"伊"有"嬴"、"偃"之变,《汉书·地理志》以皋陶姓偃,而《潜夫论·氏姓篇》则谓皋陶之子伯益姓嬴,《水经注》又谓伯益姓"伊",足证"伊"、"偃"、"嬴"三字相通,盖一声之转也。"刘"

亦"黎""狸"之转，《左传》襄十二年云："有陶唐氏既衰,其后有刘累",按《周语》韦注"狸姓,丹朱之后也",《吕氏春秋·慎大览》云："封帝尧之后于黎",足证"刘""黎""狸"亦音相近之变也。"儇"、"䚷"一姓,《晋语》称"黄帝之后有儇姓",《说文》有䚷姓,按"儇"通作"䚷",亦一姓歧作二也。"戎"、"任"同源,任姓《诗》有大任,《潜夫论·氏姓》篇作妊,按商契之母为有娀氏（《诗》及《大戴礼》引),戎、任皆训大,任又与戎通,故《尔雅》"戎菽"为"任叔"也。具征古昔分歧,因缘已久,固不仅《春秋》乃尔,三传如此也。上列各例,说详刘师培《氏族学发微·论一姓歧为数姓》节。何独于孔商之转谓为不能乎？

且子夏之于《春秋》,典册历有明文。入周求史,初则为尼父储材。《公羊传》隐公元年疏引《闵因叙》、《感精符考异邮说题词》皆云："孔子使子夏等十四人,求周史记,得百二十国书,九月经立。"箸笔司载,晚亦常接郄观光。《史记·孔子世家》云："听讼文辞,有可与人共者,弗独有也,至于《春秋》,笔则笔,削则削,子夏之徒不能赞一辞。"其参与先师制作,记有明文,若夫至圣授经之顾命。《十一经音训》引荀崧曰："孔子作《春秋》,左丘明、子夏造郄,亲受无不精究。"《公羊》隐公元年疏引《春秋》属商,《孝经》属参。（按以上所引虽有出纬者,不足为可信之有力证,然可用以征口耳传说渊源,非毫无根据者也。)子夏绍述之研几。《韩非子·外储说右上》："子夏曰,《春秋》之记臣杀君,子杀父者,以十数矣,皆非一日之积也,有渐以至矣。"（按此传说,足征周秦间言《春秋》者,孔门唯一子夏,以战国时代法家而为此言,足征子夏传述《春秋》之说,非儒家后师伪造也。)证之简册,亦有依据。他如校雠文史,《吕氏春秋·察传》曰："子夏之晋过卫,有读史记者曰：'晋师三豕渡河。'子夏曰,非也,是'己亥'也。夫'己'与'三'相似,'豕'与'亥'相似。至于晋而问之,则曰晋师己亥涉河也。"（按此传说为子夏治《春秋》史记精于考订之故,事实可为子夏治《春秋》之有力旁证。）发明章句,《汉书·徐防传》曰："诗书礼乐,定自孔子,发明章句,始于子夏。"（按此足证《公》、《谷》问答起意,实系子夏以后创,而《仪礼》

丧服之传为子夏作者,其文体亦多相似,尤足为此说铁证。)阐述经恉,《韩非子·外储说右上》:"晏子之说……未知除患。患之可除,在子夏说《春秋》也,善持势者,蚤绝其奸谋。"《春秋繁露·俞序》:"故子夏言《春秋》重人,诸讥本此……又卫子夏言有国家者,不可不学《春秋》。不学《春秋》,则不见前后旁侧之危,则不知大柄,君之重任也。"《小戴记·檀弓篇》载子夏丧子失明事,曾子吊数其罪,其最足注意者如下:"吾与汝,事夫子于洙泗之间,退而老于西河之上,使西河之民疑汝于夫子,尔罪一也。"《史记·仲尼弟子列传》称:"子夏居西河教授,为魏文侯师,……如田子方,段干木,吴起,禽滑厘之属,皆受业于子夏之伦,为王者师。"(按吴起又事曾子,见《史记·吴起传》,禽滑厘又事墨子,见《墨子》本书)而《后汉书·徐防传》注引古史有"子夏居西河,教弟子三百人"等明文。故据此以反证《吕氏春秋·当染篇》所载子夏之徒,又《察传》所称子夏之晋过卫校三豕渡河事,《韩非子·外储说右上》所称卫子夏,及《墨子·耕柱篇》所记子夏之徒,问于子墨子曰云云等故实,均足为子夏教授西河时门徒之盛,而大有关于传经之证明。且《论语·子张篇》两载子夏门人事,而均不满于子游、子张,尤足为子夏传学之盛。夫使西河之民,疑卜商于夫子,此本其学行之长,足以服人,何有于过,而曾参竟直斥之,且人人以大罪之一。故就子夏教授之广,暨同门攻击之烈以观,卜商实有首师氏学资格而独树一帜者也。

凡此钩稽故记,无一而不合符卜商,似此事迹昭然,证据确凿,孰谓子夏不传《春秋》乎?乃皮氏殊不信之,而别举一了不相涉之公明高,谓即公羊高,夫不信传经授受有渊源者之音近,而矫诬以风马牛不相及者之音变,真匪夷所思者矣。

按公明高传经事,史无明文,仅《孟子》书中一见,彼既非子夏弟子,则与旧来传说不合。且征之一切流传口说,遍检各书亦不见丝毫关连。试问孰为有据,孰为无据乎?

综上以观,则公、谷为卜商首师异言,似无疑义,兹为览者了然计,别为简表如左：

假设	公、谷二子古无其人	《公》、《谷》二书系以首师氏其学	公羊、谷梁为孔商转音
证明	1.《史记·儒林传》暨各列传，均无公、谷作述事，且并未见其姓名，而其时学者如董仲舒、胡毋生等，又未尝一见称引，足征西汉之初，直无此事。 2.《汉书·儒林传》《艺文志》《古今人表》均无其名字及年代，足征东汉时代，尚无稽考，而伪造影射之者，则就其本身来历不明一点，已可否定古无其人。 3. 公、谷而果有其人，且代衍子孙未绝，胡先秦道法儒墨诸子，竟无一人论及耶？亦可证古无其人。 4. 自汉以后，更不见有此姓氏，尤为本无其人之反而铁证。 5. 汉末戴宏、唐人杨士勋以晚出之后生而详其家世，已可疑，乃复矛盾百出，大悖常理（驳证详前），其为伪造，自无疑义。 6. 时代姓名，说者分歧（证详前），如画鬼然，随人编造，则本无其人而为假托，更彰明甚矣。	1.《公》、《谷》均以问答起意，文法章句，事出一律（《后汉书·徐防传》："发明章句，如于子夏。"）溯其远流，又出一源（同师子夏，是则章句既源首师矣。安有不奉本师说之名而别举一人以冒替者，其为卜商传名也，似为事实）。 2. 二传始师，既同为子夏，且以先师氏学，又为春秋战国常例（管、墨之书可证），则以卜商名学而递传之，此固必然事实。 3. 二传所引先师多矣，如北宫子、司马子、尸子、沈子等，率弃置弗标名，独以公、谷音传而又无其人，则舍以首师氏学外，实别无逻辑可通。	1. 公、谷经义既同为口说，而分转齐鲁，迄汉初始著竹帛，则声均以时空而转变，此系必然趋势（例多不赘）。 2. 子夏曾经参与制作《春秋》，又研究《春秋》，又绍述《春秋》，又传授《春秋》，似此证据确凿，迭见各书明文纪载，然则卜商传毕，卜商遂有口说之古传，固铁案不移矣。 3.《春秋》本书人地名词，二传每多歧异，足证口说流行，此本常例，则卜商转为公羊、谷梁，固不能斥为风马牛之不相及，尤不能诋为附会也。 4. 公羊、谷梁之为卜商讹变，其大可证明者，则公谷发音同为 g 字见纽之变声，而韵部又是屋东对转，其羊梁收声同为 on 音阳韵之声韵，而声纽又是来、定同阻，盖此原事实如此，明非所谓巧合也。
终结	公羊、谷梁为卜商一人异名		

窃谓公、谷二名讹传歧异之故，盖因昔人昧于口说流传与夫时空转变之必然关系。阎百诗曰：百年不同音，千里不同韵。胶执者，遂墨守歧说而奉为史实；狡黠者，又自矜巧慧而强为附会。循致异说纷纭，莫可究诘，此吾国古代思想史之所以不易理董也。兹篇所列公、谷传说，特就口

说史实,提供批判总其流别,约有四派:

1. 祖述无稽之旧说。如刘歆《七略》、班固《汉志》所称公羊子、谷梁子等,向壁虚造,了无稽考者是。

2. 虚言授受之矫说。如《公羊传序疏》引《戴宏序》造为公羊世系,杨士勋《谷梁疏》、应劭《风俗通义》之撰人名者是。

3. 以意蔑古之新说。如本田成之《支那经学史论》第二章第三节《春秋之兴起》(页 92—106),妄谓孔门后学,承孔子遗志,撰为《春秋》,而托之子夏传授云云。而钱玄同、顾颉刚两君,则根本否认《春秋》与孔子有关,《公》《谷》为汉代末师之深文周纳(见《古史辨》第一册二七页—二七八页)。嗣钱玄同君虽于重印《新学伪经考》序文中改变其态度曰:"不修《春秋》,虽是真史,而被君子修过的《春秋》便不能作真史看了。"似已有承认"经的《春秋》"意。然于传《春秋》之《公羊》,既已不信"高""平""地""敢""寿"五代世系之为东汉伪造。而于谷梁之姓氏,又本崔适、张西堂两君之说,断为从公羊所幻化,是则其于《春秋》与《公谷》之渊源,盖犹为成见所蔽也。又有梅思平君者,疑《公羊》为董仲舒伪作(见《民铎杂志》某号)。此数君者,立说虽新异独特,但未免武断古代口耳传说之思想史实而抹煞"待考资料"矣。

4. 牵强圆谎之谬说。如纪昀《四库提要》,推论公、谷之原,历引班固自注,颜师古增注,《戴宏序》说暨何休隐公二年注,知传说虽似有自,究惝恍不明所以。续又引子司马子、子女子、北宫子、鲁子、高子、子沈子、谷梁子诸人,证其传授经师,不尽出于公、谷。又引《公羊》定公元年传"正棺于两楹之间"二语,《谷梁传》且直称沈子,又证明不著姓氏者,亦不尽出《公羊》。且既有子公羊子曰、谷梁子曰,尤不出于高、赤之铁证。无如彼圆谎者,偏承戴说,遂定传确为寿撰,而与胡毋子都共著竹帛者。夫《提要》既知谷非名高、赤者作,又知罗璧姜姓之说虽不确,而记载音讹,经典原有是事,则固已承认别有一人矣。顾彼忽又来一转语,因其据戴序之言以驳璧,而又承认其有子孙传说,遂侃侃言曰:"至其弟子记其先师,子孙述其祖父,必不至竟迷本字,别用合声。璧之所言,殊为好异云云。"

不悟公、谷人既乌有,序亦伪作,则何来子孙弟子也?既非子孙门下,则其辗转音变,而与三家所传《春秋》经人地异名,事同一律,固不能谓此变为是,彼变则非也。故吾谓《提要》圆谎,其破绽实不可掩。至说谷梁者,亦有谓谷梁数名,亦即数代世系,谓受经子夏一谷梁,传经秦汉一谷梁(见《南菁文钞》卷二,尤金、陈铭苓所著《谷梁受经于子夏考》二文),则亦昧于时空音讹之字例,而故强为附会者矣。

故予对上述四派,均不敢信其正确,盖事实胜于雄辨,虽强为之辨护,无益也。顾尝考先秦以来诸子,如墨子、庄子、孟子、荀子,则但论《春秋》义,未言作传者,而《韩非·外储说右上》所举论《春秋》者,亦仅及子夏一人。逮汉初陆贾《新语·道基篇》及第八篇末曾两引《谷梁传》语,《公羊》则未之前闻。又汉代《春秋》专家董仲舒,其《春秋繁露》全书,亦未见有公羊、谷梁数字。惟《玉英篇》有经曰、传曰之文,然亦未系之谷梁、公羊也。若夫《史记·儒林传》亦仅称言《春秋》齐鲁自胡毋生,于赵自董仲舒,而归结曰:"笔则笔,削则削,子夏之徒不能赞一辞。"(见《史记·孔子世家》)玩其语气,似可证卜商传学之后,已有默识口录之记载,不然,则《十二诸侯年表》所称荀卿、孟子、公孙固、韩非之徒各往往捃摭《春秋》之文以著书,究何解耶?故知《公羊》、《谷梁》二书,系《春秋》古传之由合而分,由同而异者,今欲上溯其源,自应籀同核异,由分而合,是则分析各时代后师之附益,以推寻"孔""商"当日之思想原素,斯固今日治《春秋》者所急应努力,而尤为研究古代思想史者所最宜注意者也。

(原载《武汉大学文哲季刊》第 3 卷第 1 期,1933 年)

孔氏撰修《春秋》异于旧史文体考

尝考古代史记,其记事疏略,多不详年月,试读《尚书》、《逸周书》、《国语》而可见,虽郡国山川,所得鼎彝,略具年月,然仍无一贯之记载,是以皇古历岁多无可稽,其后人事日繁,记述渐密,年月日时,始具详规,盖兴于西周末叶,厉、宣之际也。观司马迁《史记·十二诸侯年表》,始于共和,即可证以前历岁,实无系统之载记可征也。此外汲冢所出,《竹书纪年》、《穆天子传》,虽颇具日月,可资参证,顾仍为战国人撰述,究出孔修鲁《春秋》后也。至《春秋》溯原,虽为国史共名,而辞繁不杀,究与孔修之文体有别。盖百国《春秋》略同《左》、《国》,记事之年月虽同,而为文之繁简固殊,此则笔削者之特识寄义,自非左右史之徒事记述者可比。尔以俗尚新奇,哗众既大可弋名,而考古者蔑古,治史即转以诬史。不知典章有史,思想亦复有史,名物史资,义理亦属史资。故就其记载本质言,盈天下之著述,史料也,盈天下之名物,亦史料也,岂仅经子而已哉。如就其名相分别言,则文哲著述非史,数理著述非史,自然科著述非史,社会学著述亦非史也。本此分析,故经籍虽原出于史,而理论化后,则非史所能尽矣。故《春秋》,鲁史也,孔丘修之,则已借史寄义,而非完全之史实,不然,则胡为书法记载,实与本事乖违耶?

观于万斯大《学春秋随笔》、陈寿祺《答高雨农书》所举特笔①,借古史以寄理想,曲事实以就义理,亦可证其非纯粹的叙述的客观史,而有主观的批判义与寄托义在也。闲尝欲考其增改损益之迹,以为孔作《春秋》之积极证明,嗣读武进徐氏哲东之《春秋说》,而喜其有所同然。盖彼已搜列六证,以明孔修《春秋》之异于旧史矣,兹又续得三证,合之都为九证,谨录列如左方:

(一)《墨子·明鬼篇》引周、燕、齐、宋之《春秋》其记事皆甚详,且多述神鬼怪乱之言,既不合孔子之所不语,尤以与今所传之《春秋》文法绝异,其证一②。

---

① 陈寿祺《答高雨农书》:"孟子言孔子作《春秋》,作之云者,虽据旧史之文,必有增损改易之迹。不修《春秋》曰'雨星不及地尺而复',君子修之曰'星殒如雨'。《诸侯之策》曰:'孙林父、宁殖出其君,'孔子书之曰:'卫侯衎出奔齐。'晋文公召王而朝之,孔子:'以臣召君,不可以训。'故《书》曰:'天王狩于河阳。'《鲁春秋》去昭夫人之姓曰吴,其卒,曰'孟子卒',孔子书'孟子卒',而不书'夫人吴'。此其增损改易之验,见于经典者也。华督得罪于宋殇公,名在《诸侯之策》。晋董狐书赵盾弑其君,齐太史书崔杼弑其君,《鲁春秋》纪晋丧,曰'弑其君之子奚齐及其君卓',孔子于《春秋》皆无异辞,此循旧而不改不验也。太子犹记'子同生',而不及子赤、子野、襄公,则知此为《春秋》特笔,以起不能防闲文姜之失。妾母独录惠公仲子、僖公成风,而略于敬嬴、定姒、齐归,则知此亦《春秋》特笔,以著公妾立庙称夫人之始。'有年'、'有大年',惟见桓三年及宣十六年,盖承屡侵之后,书以志幸。王臣书氏,惟见隐三年昭二十三年、二十六年,盖兆世卿之乱王室,书以示讥。则其他之删削者夥矣,外大夫奔书字,惟见文十四年宋子哀,盖褒其不失职。外大夫见杀书字,惟见桓二年孔父,盖美其能死节。公子季友、公弟叔肸称子,季子、高子称子,所以嘉其贤。齐豹曰盗,三叛人名,所以斥其恶。公羼以不地见弑,夫人以尸归见弑,师以战见败,公夫人奔曰孙,内弑大夫曰刺,天王不言出,王伯不言执,与王人盟不言公,皆《春秋》特笔也。是知能人修改之迹,不可胜数,善善恶恶,义踊袞钺。然后是非由此明,功举由此起,劝惩由此生,治乱由此正,故曰《春秋》天子之事也。苟徒因仍旧史,不立褒贬,则《诸侯之策》当未始亡也,孔子何为作《春秋》?且使孔子直写鲁史之文,则孟子何以谓之作?知我罪我安所征?乱臣贼子所惧? 夫《春秋》之书,微而显,志而晦,笔则笔,削则削,游、夏不能赞一言,况邱明、高赤之伦哉!"(见《左海文集》)按此文,大致本万斯大《学春秋随笔》。

② 《墨子·明鬼下》第三十一:"昔者,周宣王杀其臣杜伯而不辜(不以罪也)。杜伯曰:'吾君杀我而不辜,若以死者为无知则止,若死而有知,不出三年,必使吾君知之。'其三年周宣王合诸侯而田于圃田,车数百乘,从数千人,满野。日中,杜伯乘白马素车,朱衣冠,执朱弓,挟朱矢,追周宣王。射入车中,中心,折脊,殪车中,伏弢而死。当是之时,周人从者莫不见,远者莫不闻,著在周之《春秋》。为君者以杀其臣,为父者以警其子,曰:戒之慎之,凡杀不辜者,其得不祥,鬼神之诛,若此之憯遫也。以若书之说观之,则鬼神之有,岂可疑哉?"又:"昔者郑穆公当昼日中,处乎庙,有神入而左,鸟身,素服三绝,面状正方。郑穆公见之,乃恐惧犇。神曰:'无惧,帝享女明德,使予锡女寿十年有九,使若国家繁昌,子孙茂,毋失郑。'穆公再拜稽首曰:'敢问神名?'曰:'予为句芒。'若以郑穆公之所身见为仪,则鬼神之有,岂可疑哉?"此外又引燕简公杀其臣庄子仪,子仪之鬼复仇之事;宋文君鲍之臣祏观辜,从事于厉(庙也),以供物不丰,为神所殛之事;齐庄君用神道为其臣王里、国中里徼折狱之事。大抵皆离奇怪诞,颇近委巷小说文体,与孔氏之《春秋》书法大异。

（二）《公羊》庄公七年传："不修《春秋》曰：'雨星不及地尺而复，君子修之曰，星殒如雨。'"按"君子修之"，指孔子也。是不修《春秋》其辞繁，孔子所修者其辞简，其证二。

（三）《国语·晋语》："悼公与司马侯升台而望，曰：'乐夫？'对曰：'临下之乐则乐矣，德义之乐则未也。'公曰：'何谓德义？'对曰：'诸侯之为日在君侧，以其善行，以其恶戒，可谓德义矣。'公曰：'孰能？'对曰：'羊舌肸习于《春秋》。'"又《楚语》："楚庄王使士亹傅太子箴，问于申叔时。叔时曰：'教之《春秋》，而为之耸善而抑恶焉，以戒劝其心，教之故志，使知废兴者，而戒惧焉。'"据此则各国史家之《春秋》，兼举其事实，不仅如孔子所修者，仅提絜纲领而已，其证三。

（四）《国策》二十四，记魏说赵王引晋人伐虢事，谓《春秋》书之，以罪虞公，足见各国史家之《春秋》，颇类《左传》、《国语》之记事法，其证四。

（五）《史记·廉颇蔺相如传》："秦御史前书曰：某月日，秦王与赵王会饮，令赵王鼓瑟。又赵御史书曰：某年月日，秦王为赵王击缻。"则琐事皆记，似为各国史官旧法，与孔子所修之《春秋》，专举大事者不同，其证五。

（六）《韩非子·奸劫弑臣篇》，引《左传》楚王子围齐崔杼事，而称为《春秋》记之，其证六。

钢百按：《国策》荀卿《答春申君书》，与《韩非·奸劫弑臣》篇同，惟作《春秋》戒之，而《韩诗外传》引此，又作《春秋》之志。故知古史《春秋》记事之文，多若《左传》之类，其例实繁也。

（七）复次考先秦古籍，踵《春秋》而名书者，如《晏子春秋》。按《班志》虽祇云《晏子》八篇，无"春秋"二字，然其书实名"春秋"，见于《史记》、《孔丛子》及《风俗通义》。又《史记正义》曰："《七略》云《晏子春秋》七篇，在儒家。"其云七篇者，盖合杂上下二篇而为一也。清儒孙星衍序，亦谓《春秋》者，编年纪事之名，疑其名出于齐之《春秋》，即《墨子·明鬼篇》所引。婴死，其宾客哀之，从国史刺取其行事成书，故虽无年月，尚仍旧名，现今人编辑书目，每多以《晏子春秋》入史部古史类，盖以此也。又《班志》儒家有《李氏春秋》二篇,《虞氏春秋》十五篇。《史记》有传,作《春秋》,见《十二诸侯年表序》。书虽亡,马国翰有辑本。杂家有《吕氏春秋》二十六篇,兵权谋有《兵春秋》三篇,后世又有《吴越春秋》《陆贾春秋》诸书,观其编策,略无年月,而文繁事复,杂以论议,尤与孔修《春秋》大异,其证七。

（八）遍考殷周金文,其年月虽已略具,然仍无条母统系,其例实繁,兹举其特异者,以资参证,如年祀之称,不昭齐一也。

甲、记年例证：有王元年、王九年之称,与《春秋》王正月、王二月者不同。

（1）曶鼎："隹王元年六月既望乙亥,王在周穆王大室……隹王四月,既生霸,辰在丁酉。"（文四百零三字,见吴式芬《攗古录》、吴大澂《愙斋集古录》,阮元《钟鼎彝器款识》,刘心源《奇觚室吉金文述》、邹安《周金文存》。）

（2）周伯和尊："隹王命元年正月初吉丁亥伯和父若曰……"（文三十五字,按此尊称"王命"极奇,见乾隆《钦定两清古鉴》。）

（3）归夆敦："隹王九年九月甲寅……已未"（文共一五〇字,见吴大澂《愙斋集古录》、邹安《周金文存》。）

（4）颂敦（文一五二字）、颂鼎（文一五一字）、颂壶（文一五〇字）"隹三年五月,既死霸,甲戌,王在周康昭宫文格大室即位"……（按此敦颂无王字,见阮氏《款识》、吴氏《探古》、刘氏《奇觚室》、吴氏《愙斋》、邹氏《周金文存》。）

（5）者汈钟"隹戊十又九年……"（文四八年,见吴氏《愙斋集古录》、邹氏《周金文存》。）

（6）□戈"二年庚子……"（文十九字）（按此器不知何年,又有日无月,见吴氏《攗古录》,刘心源《奇觚室吉金文述》。）

（7）大梁鼎："廿又五年大……"（文十八字,按此器不知何年,又无月日。）

（8）牧毁："隹王十年十又三月,既生霸,甲寅,王在周,在师保父宫,格大室,即位……"(文二百二十字。按此时年月十三月大奇,见宋薛尚功《钟鼎彝器款识》。)

乙、记祀例证

(1)吴彝盖:"隹二月初吉丁亥,王在周,成大室,王格庙……惟王二祀。"(文一〇二字。按此先月日后年,见阮氏《款识》、《攈古》、《奇觚室》、《愙斋集古》、《周金文存》。)

(2)毕敦:"唯王十又四祀,十又一月丁卯……戊辰"(文六十一字,见吴氏《攈古录》、刘氏《奇觚室》、吴氏《愙斋》、邹氏《周金文存》。)

(3)宰椃角:"庚申,王在东阑……在六月,隹王廿祀,翌又五"(文三十一字。按此系殷器,见《积古斋款识》、《攈古录》、《奇觚室》、《愙斋集古录》。)

(4)趞尊:"隹三月初吉乙卯,王在周,格大室……隹王二祀"(文六十八字,见《攈古录》、《奇觚室》、《愙斋集古录》、《周金文存》。)

(5)师遽敦:"唯王三祀四月,既生霸,辛酉,王在周,客新宫……"(文五十七字,见《积古斋款识》、《攈古录》、《奇觚室》、《愙斋集古录》、《周金文存》。)

(6)艅尊:"丁巳……隹王十祀又五彡日"(文二十七字,按此为殷器,见《攈古录》、《奇觚室》、《愙斋集古录》、《周金文存》。)

(7)戊辰彝:"戊辰……在十月,隹王廿祀彡日"(文三五字。按此为殷器,见《攈录》。)

记载月日之制,漫无统纪也。(如"十三月"之记载,则与《春秋》统一于十二月者又殊矣。至"隹正六月",尤与《春秋》书正月大异。)

甲、十三月之记载

(1)受尊:"隹王十又三月,既生霸,丁卯……"(文五三字,见《积古斋款识》、《攈古录》、吴大澂《愙斋吉金录》、端方《陶斋吉金录》、邹安《周金文存》。)

(2)小臣静彝:"隹十又三月,王宅旁京……"(文三十字,见《积古斋款识》、《攈古录》、邹氏《周金文存》。)

（3）遣尊："隹十又三月辛卯，王在……"（文二八字，见《奇觚室》、《愙斋吉金录》、《周金文存》。）

（4）牧敀："隹王十年十又三月，既生霸，甲寅，王在周……"（文二百二十一字，薛尚功《薛氏钟鼎彝器款识》。）

乙、十五月之记载

（1）雕公㲋鼎："隹十又五月，既死霸，壬午……"（文三六字，见邹安《周金文存》）其昌按：此根本为伪器，伪技陋劣浅露，甚可笑。商周金文四千余器，绝无记十五月者。

丙、冰月之记载

（1）陈逆敦："冰月丁亥……"（文二六字，见吴式芬《攗古录》。）

丁、邓七月八月之记载（按此为地方历）

（1）邓公敦："邓七（？）月初吉……"（文二三字，见端方《陶斋吉金录》、邹安《周金文存》。）

（2）邓伯氏鼎："邓八月初吉……"（文二十字，见端方《陶斋吉金录》、《周金文存》。）

戊、惟正□月之记载

（1）邾大宰簠："隹正月初吉……"（文三八字，见吴荣光《筠清馆金文》、吴氏《攗古录》、《奇觚室》、《周金文存》。）

（2）陈侯彝："隹正六月癸未……"（文七九字，见《攗古录》、《奇觚室》、《周金文存》。）

（3）楚余义钟："隹正九月初吉丁亥……"（文七四字，见《积古斋款识》、《攗古录》、《周金文存》。）

（4）子璋钟："隹正十月初吉丁亥……"（文四五字，见吴荣光《筠清馆金文》、《攗古录》、《愙斋集古录》、《周金文存》。）

（5）勾鑃："隹正月初吉丁亥……"（文三一字，见《攗古录》。）

己、正之记载

（1）都公敦："隹都正二月初吉乙丑，上都公……"（文四二字，见《积古斋款识》、《攗古录》、邹氏《周金文存》。）

郜公平侯鼎："隹郜八月初吉癸未，郜公平侯……"（文四二字，见《愙斋吉金录》。）

庚、一月之记载

（1）叔皮公敦："隹一月初吉……"（文三二字，见《筠清馆金文》、《攈古录》、《奇觚室》、《愙斋》、《吉金》、《周金文存》。钢百按：《书·武成》，亦有"惟一月壬辰"之语可证。）

（2）伯星欠敦："隹一月既望丁亥……"（文四九字，见《周金文存》）

辛、王□月之记载

（1）豆闭敦："隹王二月，既生霸，辰在戊寅，王格于师戏宫……"（文九二字，见《奇觚室》、《愙斋吉金》、《周金文存》。）

（2）鄩叔敦："隹王三月初吉癸卯……"（文三三字，见《筠清馆金文》、《攈古录》、《周金文存》。）

（3）齐侯镈："隹王五月初吉丁亥……"（文一四七字，见《愙斋吉金》、《周金文存》。）

（4）散氏盘："唯王九月辰在乙卯……"（文三五七字，见《积古斋款识》、《攈古录》、《奇觚室》、《愙斋吉金》、《周金文存》。）

（5）庚羆卣："隹王十月既望，辰在己丑……"（文五三字，见《愙斋吉金》、《周金文存》。）

综上各项以观，可见记载之紊，迄西周末，犹未厘定。则整齐年月，自当始于《春秋》矣。而春冠王上，尤遍考金文不得，故春王之加，的系孔氏新创首时义。证以古代器物所有款识而益信焉，则《春秋》之为进化的托义的史乘，孰得而否认之哉。兹再以经文比次如左：

　　隐公六年秋七月　隐公九年秋七月　桓公元年冬十月　九年夏四月秋七月

　　十有二年春正月　十有三年秋七月　冬十月　十有八年秋七月

　　庄公四年秋七月　五年春王正月　十有一年春王正月　十有

二年夏四月

　十有三年秋七月　十有五年冬十月　十有六年春王正月　二十有二年夏五月

　三十年春王正月　僖公六年春王正月　十年秋七月　十有二年秋七月

　二十有四年春王正月　秋七月　三十年春王正月　三十有一年秋七月

　三十有二年春王正月　文公八年春王正月　夏四月　十有三年春王正月

　宣公六年夏四月　冬十月　十有一年春王正月　十有二年秋七月

　十有八年夏四月　成公元年冬十月　十年冬十月　十有一年冬十月

　十有二年冬十月　襄公二十有二年夏四月　三十有一年春王正月

　昭公十年春王正月　十有二年秋七月　十有四年夏四月　二十年春王正月

　二十有九年秋七月　三十有二年秋七月　定公二年春王正月　三年夏四月

　七年春王正月　夏四月冬十月　九年春王正月　十有一年夏四月

　哀公八年秋七月　九年冬十月

据上以观，诸凡无事之月，而冠春夏秋冬四时者，昭时令也。故据旧史年月书法，亦可见孔修《春秋》之文体大异前史，其证八。（拟别著一《据殷周金文所记年月日时以证春秋书法表》）

（九）《礼记·坊记》引《春秋》者凡三：

1. 子云：天无二日，土无二王，家无二尊，主无二上，示民有君臣

49

之别也,《春秋》不称楚越之王,丧礼君不称天,大夫不称君,恐民之惑也。

2. 子云:升自客阶,受吊于宾位,教民追孝也,未没丧不称君,示民不争也。故鲁《春秋》记晋丧曰杀其君之子奚齐,及其君卓,以此坊民,子犹有杀父者。

3. 子云:取妻不取同姓,以厚别也,故买妾不知其姓则卜之,以此防民。鲁《春秋》犹去夫人之姓曰吴,其死曰孟子卒。

百按:《坊记》作者,郑玄、沈约均谓子思之作(余别有考),则所称述犹当注意。兹据第一例引《春秋》之文以观,系释《春秋》经义,核之今《春秋》,义例无不切合,自可证为衍述尼父之恉,而第二例所称引之《鲁春秋》再以较孔修《春秋》经文,殊不符同,盖鲁《春秋》系合二事为一谈,而今《春秋》则已析为二时事矣,其经文书法如次:

>僖公九年,冬。晋里克杀其君之子奚齐。
>僖公十年,春。晋里克杀其君卓,及其大夫荀息。

按此或有为之解者曰,称引详略,容有并合,不足为孔子损益之据,然《春秋》书法有义,似《鲁史》已兆其端,而孔丘修订之别有寄托,当亦不能否认之矣。

第三例所称引之《鲁春秋》证以陈司败问昭公知礼事,则孔子确已实行其为尊者讳之主张,故叶公论直躬事,孔子答父为子隐,子为父隐。而董生述此,亦谓为《春秋》之义(见马国翰所辑《春秋决事》,又见杜佑《通典》卷六十九引)。清左暄《三余军记》论《鲁春秋》亦以此证《孔经》异于《春秋》,其言曰:

>《坊记》云然者,礼夫人初至,必书于策,若娶齐女,则云夫人姜氏至自齐。此孟子初至之时,亦当书曰夫人姬氏至自吴。同姓不得称姬,旧史所书,盖直云夫人至自吴,是去夫人之姓,直书曰吴而已。仲尼修《春秋》,以犯礼明著,全去其文,故今经无其事,此又孔子《春秋》与旧史不同之一证也。

据上九证以观,足明尼父所修之《春秋》,固大异于各国旧史之书法,或犹执纪年文体大似《春秋》经,而断《春秋》为上古之简略史者,其亦可以息喙矣。

(原载《武汉大学文哲季刊》第 3 卷第 2 期,1934 年)

评当代学者论儒家著作之失
——从钱、顾论"六经与孔子之关系"说到孔家哲学之思想史料

儒家宗师孔子,距今已二千四百八十三年(纪元前五五一——一九三四年),历代研究之者,均自谓能得真相,于是每一时代皆有孔子出现,新会梁任公先生尝为文论之,其言曰:"寝假而孔子变为董江都、何劭公矣,寝假而孔子变为韩退之、欧阳永叔矣,寝假而孔子变为程伊川、朱晦庵矣,寝假而孔子变为陆象山、王阳明矣,寝假而孔子变为顾炎武、戴东原矣。"(《清代学术概论》一四四页引壬寅年《新民丛报》)实则代远年湮,最难索解,即当时如"晨门"、"荷蒉"、"长沮"、"桀溺"、"丈人"、"互乡"、"关党童子"、"仪封人"、"太宰"(均见《论语》),亦有所不知,以当时或较近之学人,尚难观之审而知之明,况以后世思想寰境之不同,生产机构之大异,而遽谓能得其真相,其孰信之?则凡尚论古人也,不綦难乎?又观于战代初年之孟轲,彼亦去孔未远而又再传弟子也,其书中亦尝有此类传说,其言曰:"宰我、子贡、有若知足以知圣人,污不至阿其所好。宰我曰:'以予观于夫子,贤于尧舜远矣。'子贡曰:'见其礼而知其政,闻其乐而知其德,由百世之后,等百世之王,莫之能违也。自生民以来,未有夫子也。'有若曰:'岂善民哉,麒麟之于走兽,凤凰之于飞鸟,泰山之于丘垤,河海之于行潦,类也,圣人之于民,亦类也。出于其类,拔于其萃,自生民以来,未有盛于孔子者也。'"(《孟子·公孙丑上》论知言章)故如据《孟

子》此传说,则非如宰我、子贡、有若其智不足以知圣人明矣,据此则尼父门下弟子,学圣人是一事,知圣人又是一事也。夫然以亲炙学孔之大贤如曾子,得闻一贯之传如曾子,而不知速贫速朽,孔氏有为而言(《檀弓》),则其余不知孔者自多矣。又如以闻一知十之智者若颜子(《公冶长》),于圣言无所不悦之颜子(《先进》),犹复有仰弥高、钻弥坚、竭吾才之叹,则智不若颜氏者又何如乎?故学孔虽难,知孔尤难,譬之"食不厌精,脍不厌细",纨绔儿亦犹为之,其可谓之非学孔子之行为者乎?若乎片面观察一知半解,则不可谓之知孔也。迩者,诋毁孔子,及非难孔子,研究孔子,批评孔子者,固比比皆是,其自谓知孔之著述,亦尝见短书小册盈肆廛,然而衡诸真实相之孔子,究确能考核其时代,分析其寰境,探索其思想,理解其学说者,实未尝多见。则其失败也,盖亦有故,问尝推考其蔽,厥有二端:

一、观点上之错误,徒知个人主观而不顾客观事实也。

  (一)以神圣视孔子
  (二)以庸众视先哲

二、方法上之错误,只知静的状态而不知动的现象也。

  (一)以默证的考据论史事
  (二)以形式的逻辑推思想

(一)曰以神圣视孔子。在历代传统的尊孔观念中,其视孔子为神圣也,固比比皆是,不胜枚举,兹略举影响近代之最大者为例。

  1. 郑樵曰:六经未作,有治成德在圣人,故天必一世而生一圣人。六经既作,至治成德在乎六经而圣人不常出矣……故生一夫子而以成就六经,举前人至治之成法而笔之书,以为维持千万世之具。(《六经奥论》)

  2. 廖平说:六经,孔子一人之书;学校,素王特立之政。所谓道冠百王,师表万世者也。刘歆以前,皆主此说,故《移书》以六经皆出于孔子。后来欲攻博士,故牵涉周公以敌孔子,遂以"礼"、"乐"归之周公,《诗》、《书》归之帝王,《春秋》因于史文,《易传》仅注前圣。以一人之作,分隶帝王、周公,如此是六艺不过如选文、选诗,或并删正之说,亦欲驳之,则孔子碌碌无所建树矣。盖师说浸亡,学者以已律人,亦欲将孔子说成一教授老儒,不过选本多,门徒众。(《知圣篇》)

3. 皮锡瑞曰:经学开辟时代,断自孔子删定六经为始,孔子以前,不得有经。犹之李耳既出,始著五千之言;释迦未生,不传七佛之论也。(《经学历史》)

4. 康有为曰:孔子为教主,为神明圣王,配天地,育万物,无人无事无义不范围于孔子大道中,乃所以为生民未有之大成至圣也……汉以来皆以孔子为先圣也,唐贞观乃以周公为先圣,孔子为先师,孔子以圣被黜,可谓背谬极矣。然如旧说,《诗》、《书》、《礼》、《乐》、《易》皆周公作,孔子仅在删赞之列,孔子之仅为先师而不为先圣,比于伏生、申公,岂不宜哉?然孔子之为教主、为神明圣王何在?曰:在六经。六经皆孔子所作也,汉以前之说,莫不然也,学者知六经为孔子所作,然后孔子之为大圣、为教主,范围万世而独称尊者,乃可明也。(《孔子改制考》卷十)

近世自廖、康等倡之于前,而陈焕章诸人汲其流,遂有孔教会、国教论等出现矣,此则崇古观念太甚,视先哲为天神,其弊之波及于行动者,则生乎今之世,反古之道,如此者,灾及其身者也(《中庸》),而于是泥古不化矣。其影响波及于学术思想者,则谓万事万物之理,皆古已有之一观念而不思精进,而真理之门绝矣。

(二)以庸众视先哲。此则近日所谓怀疑派之新说,其著者,如钱玄同、顾颉刚诸先生论孔子与六经之关系,及孔子作《春秋》事可证。

钱先生说:我很喜欢研究所谓经也者,但我很是惑经的……知道六经固非姬旦底政典,亦非孔丘托古的著作……六经底大部分,固无信史的价值,亦无哲理或政论底价值。我现在以为:一、孔丘无删述或制作六经之事;二、《诗》、《书》、《礼》、《易》、《春秋》本是各不相干的五部……四六经底配成当在战国之末。因而断定:(一)《诗》是一部最古的总集……(二)《书》似乎是三代时候底"文件类编"或"档案类存"……(三)《仪礼》是战国时胡乱钞成的伪书……(四)《易》原始的卦爻是生殖器崇拜时代底符号……后来被孔子以后的儒者所假借以发挥他们自己的哲理……不知那位浅人做的《序卦传》,不知那位学究做的《杂卦传》,配成了所谓"十翼"。(五)《春秋》是五经中最不成东西的一部书,是所谓"断烂朝报"或"流水账簿"。(《答顾颉刚书》,见《努力周报·读书杂志》第十期,现编入《古史辨》第一书,页六七—八二。)

顾先生在《论孔子删述六经说及战国著作伪书书》:先生所说集录经部辨伪之文的意思读之佩甚,我想此书集成后便可一进步去推翻"孔子删述六经"这句话了。六经自是周代通行的几部书,《论语》上见不到一句删述的话,到《孟子》才说他作《春秋》,到《史记》才说他赞《易》、序《书》、删《诗》,到《尚书纬》才说他删《书》,到清代的今文家,才说他作《易》、作《仪礼》。总之他们看着不全的,指为孔子所删,看着全的,指为孔子所作。其实看刘知几的《惑经》,《春秋》倘使真是孔子作的,岂非太不能使乱臣贼子惧了吗?看万斯同的《疑今文尚书及诗三百篇》,《书》、《诗》若果是孔子删的,孔子真是奖励暴君、提倡淫乱了。看章学诚的《易教》,《仪礼》倘果是孔子作的,孔子也未免僭窃王章了。(《古史辨第一册》四一—四二。)

顾先生又说:对于《春秋》一经的意见我和钱先生相同,其故因:(一)《论语》中无孔子作《春秋》事,亦无孔子对于"西狩获麟"的叹息的话。(二)获麟以后定为"续经"没有凭据,《春秋》本至"孔丘卒",儒者因如此则不成为孔子所作,所以拣了一段较为怪异的记载——获麟——而截止,以为此前为孔子所作,孔子所以作《春秋》是为了"感麟",此后便为后人所续。(三)如果处处有微言大义,则不应存"夏五"、"郭公"之阙文,存阙文是史家之事。(四)《春秋》为鲁史所书,亦当有例,故从《春秋》中推出些例来,不足为奇。(五)《春秋》中称名无定,次序失伦(举例见《六经奥论》卷四"例"条)。如果出于一人之手,不应如是紊乱,何况孔子的思想有条理的,更何至于此,可见其出于历世相承的史官之手。(六)孟子以前无言孔子作《春秋》的,孟子的话本是最不可信。

考人类资质至不齐一,有天才,有平凡,有低能,此现代心理学家所共认而尤为智力测验专家所统计之事实,自古今中外人士所同然者也。故凡治一学科,观一事物,如天才者与平凡或低能者同事其事,则天才者之成就,迥非寻常庸众所可企及,斯固尽人所知者矣,胡为对于探讨古哲思想或学理时,则胥以常人事理测之断之,而不许其有非常异义耶?乃世之治周秦学术思想者,仍每以生番野蛮相比次,不知此于原人时代则然,而于文献粲然大备之时代,则不必然也。又尝喜斥古哲思想为简陋荒谬,如《春秋》之作,本古哲因事寄义之书也,乃不索其隐情所在,概斥之曰:"那里有尔许微言大义。"又如儒生说《诗》,固沿先哲赋诗悟诗诸断章取义之习,其深凿周纳固有超朔义者,然各因其经济机构之不同,遂各反映其时代思潮之有异,由今视之,固觉其中言圣道王功之可笑,但如改移其时序,物观而分析之,则固思想史之宝贵数据也。讵可轻易以庸众二字抹杀之耶?

查顾、钱两先生之抹杀史实程度,虽各有深浅之异,然核其致误之由,则固同一覆辙也,请论证之:

(一)曰以默证方式考史事而违限度也。

兹谨录张荫麟先生《评近人对于古史之讨论》文中一节以实之,其言曰:

> 凡欲证明其时代无某某历史观念,贵能指出其时代中有与此历史观念相反之证据,若因某书或今存其时代之书无某史事之称述,遂断决定某时代无此观念,此种方法谓之"默证"(Argument from silence),默证之应用及其适用之限度,西方史家早有定论,吾观顾

氏之论证法几尽用默证，而什九皆违反其适用之限度。兹于讨论之前，请征法史家色诺波（H Seignobos）氏论证之成说以代吾所欲言，其说曰：

吾侪于日常生活中，每谓"此事果真，吾侪当已闻之"，默证即根此感觉而发生。其中实暗藏一普遍之论据曰，倘若一假定之事实，果真有之，则必当有纪之之文籍存在。

欲使此推论不悖于理，必须所有事实均经见闻，均经记录，而所有记录均保完未失而后可。虽然，古事泰半失载，载矣而多湮灭，在大多数情形之下，默证不能有效；必根于其所涵之条件悉具时始可应用之。

现存之载籍无某事之称述，此犹未足为证也，更须从来未尝有之，倘若载籍有湮灭，则无结论可得矣，故于载籍湮灭愈多之时代，默证愈当少用。其在古史中之用处，较之在十九世纪之历史不逮远甚。（下略）是以默证之应用，限于少数界限极清楚之情形：（一）未称述某事之载籍，其作者立意将此类之事实为统系之记述，而于所有此类事皆习知之。（例如塔克 Tacitus 有意列举日耳曼各民族 Notitia dignitatum，遍述国中所有行省，若有一民族、一行省为二者所未举，则足以证明当时无之。）（二）某事迹足以影响作者想象甚力，而必当入于作者之观念中。（例如倘法兰 Frakisn 民族有定期集会，则 Glegory 之作《法兰克族诸王传》不致不道及之。）（以上见 Ch. V. Langlois and Ch. Se gnobos：Intraduction to the study of History（Translated into English by G. Berry），pp. 254—256, London Dcckworth and Co 1898. 按此书已由李思纯君译成中文，商务印书馆出版。）

此乃极浅显之理而为成见所蔽者，每明足以察秋毫之末而不见舆薪。谓予不信，请观顾氏之论据（以下仅举一例，其他同样之谬误不下十余处，留待下文详论，以省重复）：

《诗经》中有若干禹，但尧舜不曾一见，《尚书》中（除了《尧典》、

《皋陶谟》)有若干禹,但尧、舜也不曾一见,故尧、舜、禹的传说,禹先起,尧舜后起,是无疑义的(见《读书杂志》第十四期)。

此种推论,完全违反默证适用之限度,试问《诗》、《书》(除《尧典》、《皋陶谟》)是否当时历史观念之总记录?是否当时记载唐虞事迹的有统系的历史?又试问其中有无涉及尧舜事迹之需要?此稍有常识之人不难决也。呜呼,假设不幸而唐以前之载籍荡然无存,吾侪依顾氏之方法从《唐诗三百首》、《大唐创业起居注》、《唐文汇选》等书中推求唐以前之史实,则文、景、光武之事迹,其非后人"层累地造成"者几希矣!(张荫麟《评近人对于古史之讨论》,录《根本方法之谬误》一节。)

而钱、顾二氏之论孔子与六经关系也,亦以同样之默证方法,施之于《论语》,因见《论语》未六经同列,遂谓六经与孔氏无关,又因《论语》未明记作《春秋》事,遂同声谓孔子无作《春秋》事。不知《论语》一书,非同日记,《汉书·艺文志》云:"《论语》者,孔子应答弟子时人及弟子相与言,而接闻于夫子之语也,当时弟子各有所记,夫子既卒,门人相与辑而论纂,故谓之《论语》。"语录之作,尤非起居之注,皇侃《论语义疏叙》云:"哀公十六年哲人其萎……于是弟子佥陈往训,各记旧闻,撰为此书……然名书之法,必据体以立称,犹如以孝为体者,则谓之《孝经》,以庄敬为体者,则谓之《礼记》。然此书之体适会多途,皆夫子平生应机作教,事无常准,或与时君抵厉,或共弟子抑扬,或自显示物,或混迹齐凡,问同答异,言近意深,《诗》、《书》互错综,典诰相纷纭,义既不定于一方,名故难求乎诸类,因题'论语'两字,以为此书之名也。"

而门人笔记,又成之狭隘守约之曾子门徒手中。康有为《论语注序》:

《论语》二十篇,记孔门师弟之言行,而曾子后学辑之。郑玄以为仲弓、子游、子夏等选定,则不然,夷考其书称诸弟子或字或名,帷曾子称子,且特叙曾子启手足事,盖出于曾子门人、弟子、后学所纂辑也。夫仲弓、游、夏皆年长于曾子,而曾子最长寿,年九十余,安有仲弓、游、夏所辑而称子曾子,且代曾门记其启手足耶……《论语》既辑自曾门,而曾子之学专主守约,观其临没,郑重言君子之道,而乃仅在颜色容貌辞气之粗,及启手足之时,亦不过战战兢于守身免毁之戒,所辑曾子之言,凡十八章,皆约身笃谨之言,与载记曾子十篇相符合。宋叶水心未以曾子尝闻孔子之大道,殆非过也。曾子之学术如此,则其门弟子之宗旨意识可推矣。故于子张学派,攻之不遗,其为一家之学说,而非孔门之全,亦可识矣。夫以孔子之道之大,孔门高弟之学术之深博如此,曾门弟子之宗旨学识狭隘如彼,而乃操采择辑纂之权,是犹使樵侥量龙伯之体,令鄙人数朝庙之器也,其必谬陋粗略,不得其精尽而遗其千万,不待言矣。假使出颜子、子贡、子木、子张、子思所辑,吾知其博大精深必不止是也,又假使出仲弓、子游、子夏所辑,吾知其微言大义亦不止此也……曾学既为当时大宗,《论语》只为曾门后学辑纂,但传守约之绪言,少掩圣仁之大道,而孔教未宏矣。故夫《论语》之学实曾学也,不足以尽孔子之学也。

其不晐不备、挂一漏万之现象,当系事实,何能执此局部以概全体耶?且《论语》既属微言,刘子骏《移让太常博士书》、班孟坚《汉书·艺文志》称仲尼没而微言绝,七十子丧而大义乖,郑玄《六艺论》亦云子夏、子游六十四人共撰微言以事素王……是则《论语》之为孔门微言传说,两汉今古文儒生固皆共守而不敢失者也。尤多"忌讳"、"隐匿"之处,如"邦无道,危行言孙"之说(《宪问》),孔氏既尝以教人,则因言孙之故而不宣,斯亦必然之事实也。又曰:"可与言而不与之言失人,不可与言而与之言失言,知者不失人亦不失言。"(《卫灵》)又曰:"中人以上可以与上也,中人以下不可以与上也。"(《雍也》)又"陈亢问于伯鱼曰:'子亦有异闻乎?'"(《季氏》)又孔子自白曰:"二三子以我为隐乎?吾无隐乎尔。"(述而)又"子贡曰:'夫子之文章可得而闻也,夫子之言性与天道不可得而闻也。'"(《雍也》)均足为孔氏有隐微之证,亦足为孔氏有言而不宣之证,是则《论语》之为史料,其具残缺不全之内证凡六:(一)有因言孙而不直述者,(二)有不可与言而恐失言者,(三)有中人以下而不可以语上者,(四)有异闻而不知者,(五)有隐匿而不宣者,(六)有不可得而闻者。此固该书所明以昭示吾人之显证,其不能适用默证方式以考史,斯尤皎然若揭不可厚诬者矣,然则钱、顾两先生之无限度使用,岂非犯纯正科学考史之大忌耶?

(二)曰以形式逻辑推思想而忘动态也。

例如孔子讲《易》一事,诸君子因先有一孔子与六经无关之成见,遂不惜抹煞古代文字学上通段之例,而谓鲁《论》作"亦",古《论》作"易"之为窜改,不知此系据郑玄异读及唐陆德明《经典释文》之异文,其是否周代《论语》原本,殊难确定。且即以此为证,而声同借用,固周秦以来之常例,胡为如"赋"之为"傅"(《公冶长篇》"可使治其赋也",鲁论作"傅"),"彬彬"之为"份份"(《雍也》"文质彬彬",鲁《论》作"份份"),"否"之为"鄙"(《雍也篇》"子所否者",鲁论作"鄙"),"燕"之为"晏"(《述而》"子之燕居",鲁《论》作"晏"),"识"之为"志"(《述而》"多见而识之",鲁《论》作"志"),"旗"之为"期"(《述而》"揖巫马期",鲁《论》作"期"),"正"之为"诚"(《述而》"正惟弟子",鲁《论》作"诚"),"与"之为"预"(《泰伯》"舜禹之有天下也而不与焉",鲁《论》作"预"),"弁"之为"绝"(《子罕》"弁衣裳者",鲁《论》作"绝")。胥认为通借,独此"易"之为"亦",则不许为通借耶?又爻辞之作,一般自命科学治《易》者,故尝确定为周初之作,如顾颉刚先生在其所著《周易卦爻辞中的故事》一文,余永梁先生在其《易卦爻辞的时代及其作者》、李镜池先生在《周易筮辞考》中皆谓为周初之作。然而《论语》书中则凡两引其文,而均不载其出处,斯既不能认爻辞袭之《论语》,则孔氏固习于《周易》明矣,讵可武断孔氏与《易》无关耶?请论证之如左:一、"子曰:南人有言曰:'人而无恒不可以作巫医',善乎?'不恒其德,或承之羞',子曰:'不占而已矣'。"(《子路》)此引《周易》恒卦九三爻辞而特别申言之曰不占。然则《荀子·大略篇》所称,善言易者不占,当即指孔子矣。二、"子曰:'三人行必有我师焉,择其善者而从之,其不善者而改之。'"(《述而》)此用《周易》损卦六三爻辞,亦其句而理论化之,殆即经解中所称洁净精微之《易》教也欤。

此外如《子路篇》"子曰:君子和而不同,小人同而不和",之于《同人卦》;"子曰:君子泰而不骄,小人骄而不泰",之于《泰卦》;《为政篇》"子曰:君子周而不比,小人比而不周",之于《比卦》。率从德义方面引申解说,确与《易》之卦爻截然无关,宁非实行善言《易》者不占之明证哉?至若《述而篇》所称得见"君子""有恒"章,尤足为孔氏守"不占"施"《易》教"之铁证。"子曰:圣人吾不得而见之矣,得见君子者斯可矣。""子曰:善人吾不得而见之矣,得见有恒者斯可矣,亡而为有,虚而为盈,约而为泰,难乎有恒矣。"(《述而》)考卦爻辞无言圣人者,虽其中有君子之辞,如《乾》之九三"君子终日乾乾",《坤》之卦辞"君子有攸往",《屯》之六三"君子几不如舍"……然均指地位言,非指成德出众之名也,此章以"圣人"、"君子"分学之程次,以"善人"、"有恒"质量之等第,足征实践之伦理学理想之人格律。尼父固有一抽象而具体之准绳,此地所论,已就《易》辞之旨而更引申发挥之,非复旧日之所占者矣。彼其因恒卦而主恒德,取南人之陈义,定人之楷模,尤与谦卦彖辞天道亏盈而益谦……人道恶盈而好谦之辞,若合符节,其谓"亡而为有"、"虚而为盈"、"约而为泰",难乎有恒之言,更与曾子赞颜子以能问于不能、以多问于寡,有若无实若虚之气度,成一相对之教训。细玩此章,吾于是知孔氏之于《易》教深矣。

故如据上列诸证以观《易》由卜筮而引申理论化,当为孔氏讲《易》之事实,奚能拘牵于无"引《易》""作《易》"之死板文字,而遂谓孔子与《易》无关耶?胥由观其表而未观其里,守其文而未籀其义,盖皆仅知形式伦理学之静的点校,而未尝注意于辨证逻辑之动的观察也。乃世之学人不察钱、顾两先生之疏于考证,更有习非成是沿波逐流者,如钱穆(宾四)先生之《国学概论》则已尊奉其说而演释之矣。其第一章《孔子与六经》尤代表钱、顾两先生之主张而为一总的结束,旁征博引,自成体系,然如细加考核,则仍是片面观察而非客观的定说也。试即其论《易》者而观之。钱穆先生曰:

《易》之为书，本于八卦，八卦之用，盖为古代之文字。

《易纬·乾凿度》："☰古文天字，☷古地字，☴古风字，☶古山字，☵古水字，☲古火字，☳古雷字，☱古泽字。"

因而重之，犹如文字之有会意。

加☵于山下有泉，䷩为泽中有火之类。

引而申之，犹如文字之有假借。

如☳本为雷，后以龙亦潜伏，时时飞升；且雷动龙现，二者相因，故☳亦以象龙。☴本为风，而风动树摇，亦如云龙之例，故☴亦以象树，如此推衍，义象遂广。

卜筮如拆字。

八卦之兴，本在游牧之世。今设推想，有一队牧人，远出游牧，路经山野，其地旱峭，偏觅水泉，得之山上。方此队人将次他去，顾念同族后队，接踵便至，乃于山下显处，作一记号☱，山上有泽，或☵，山上有泉，则后队到此，便知水在山上，径自攀登。而其时民智浅陋，彼见卦象可以告我以外物，以谓必有类我而神明者主之，而敬畏之心渐起。循而久之，牧队将发，戏为占问，如得☳卦，则谓出外不利，雷雨将至。如得☱，则谓水草丰美，尽利前往。后人以拆字验吉凶，即占卦之变相。敬惜字纸，虔事符箓，则先民以八卦为神物之遗意也。

《系辞》如签诗。

朱子《答吕伯恭书》："窃疑卦爻之词。本为卜筮者断吉凶，而因以训戒，有本甚平易浅近，而今传注误为高深微妙之说者。如利用祭祀，利用享祀，只是卜祭则吉；田获三狐，田获三品，只是卜田则吉；公用享于天子，只是卜朝觐则吉；利建侯，只是卜立君则吉；利用为依迁国，只是卜迁国则吉；利用侵伐，只是卜侵伐则吉之类。"

《朱子语类》："《易》为卜筮作，非为义理作。伏羲之《易》，有占而无文，与今人用火珠林起课者相似。文王周公之《易爻辞》如签辞。孔子之《易》，纯以理言，已非义文本意。"

《周易》起于殷周之际,明周家之有天下,盖由天命。

　　《易·系辞下传》:"《易》之兴也,其当殷之末世,周之盛德邪?当文王与纣之事邪?"

　　王应麟《困学纪闻》:"阮逸云:《易》著人事,皆举商周。帝乙归妹,高宗伐鬼方,箕子之明夷,商事也。密云不雨,自我西郊,王用享于岐山,周事也。"

　　顾炎武《日知录》:"《易》本《周易》,故多以周事言之。《小畜》密云不雨,自我西郊,《本义》:'我者,文王自我也。'"

　　《既济》九五:"东邻杀牛,不如西邻之禴祭,实受其福。"《汉书·郊祀志》引此,师古注:"东邻谓商纣也,西邻谓周文王也。"郑康成《坊记注》亦云:"东邻谓纣国中,西邻谓文王国中。"

　　《易》之内容,其实如斯。孔子言《易》,见于《论语》。

　　《日知录》:"孔子论《易》,见于《论语》者,二章而已。曰:'如我数年,五十以学《易》,可以无大过矣。''南人有言曰:人而无恒,不可以作巫医,善夫! 不恒其德,或承之羞,子曰:不占而已矣!'是则圣人之所以学《易》者,不过在庸言庸行之间,而不在乎图书象数也。今之穿凿图象以自为能者,畔也。记者于夫子学《易》之言而即继之曰:'子所雅言,《诗》、《书》执礼,皆雅言也。'是知平日不言《易》,而其言《诗》、《书》执礼者,皆言《易》也。"今按:五十以学《易》,古《论》作"易",鲁《论》作"亦",连下读。比观文义,鲁《论》为胜。则孔子无五十学《易》之说也,顾氏谓孔子平日不言《易》是矣,而曰其言《诗》、《书》执礼皆言《易》,则不得其意而强说之也。

　　因人之无恒,而叹其不占,与南人之言,同类并举,亦博弈犹贤之意,非韦编三绝之说也。至《十翼》不出孔子,前人辨者已多,则《易》与孔子无涉也。

　　《史记·孔子世家》:"孔子晚而喜《易》,序《彖》、《系》、《象》、《说卦》、《文言》,读《易》韦编三绝。"

　　马端临《文献通考》:"欧阳公《童子问》上下卷,专言《系辞》、《文言》《说卦》而下,皆非圣人之作。"

陈振孙《书录解题》:"赵汝谈《南塘易说》三卷,专辨《十翼》非夫子作,今此书无传。"

《晋书·束晳传》:"汲郡人不准,发魏襄王冢,得《易经》二篇,与《周易》上下经同。"姚际恒曰:"魏文侯最好古,魏冢无《十翼》,明《十翼》非仲尼作。"姚有《易传通论》,今亦无传。

崔述《洙泗考信录》:"《易传》必非孔子所作,汲县冢中,《周易》上下篇无《彖》、《象》、《文言》、《系辞》。魏文侯师子夏,子夏不传,魏人不知,则《易传》不出于孔子无疑。又按:《春秋》襄九年《传》,穆姜答史之言,与今《文言》篇首略同,而辞小异。以文势论,则彼处为宜。是作《传》者采之《鲁》史,而失其义耳。《论语》:'曾子曰:君子思不出其位',今《象传》亦载此文。果《传》文在前,与记者固当见之。曾子虽书述之,不得谓曾子所自言。既采曾子语,必曾子已后所为。"

故就以上钱穆先生《国学概论》之所论列,足征此说之为偏颇时尚而非事理真象矣,兹谨举其最大者三项略论之。

一、论点不明,言词儱侗也。仅按:《易》之内容,一事也;孔子与《易》之关系,一事也;《十翼》是否孔作,又一事也。今钱君不加分拆,随举《十翼》非孔作之陈言数人为证,而遂武断孔子与《易》无涉,此真极大胆之批判,其逻辑之特殊,实非予所敢知矣。

二、轻心蔑古,不加思考也。按:因人之无恒而叹其不占之事,此正可证明孔氏由鬼神数术之学而转入哲理之深切解释者也,其思想之为进一步的研究,固昭然事实不容巫罔者,讵可以肤引末学之浅人视之。乃钱先生寻行数墨,谓其为博弈犹贤之意,此真所谓东向而立不见西墙者矣。至韦编三绝之言(见《史记·孔子世家》),则又一传说也,理应别为考核,绝不能牵此反讥。

三、时代违悟,妄言乱测也。按:讨论《易》之原始为一事,讨论《易》

之引申义，又一事也，绝不能并为一谈。此章既论孔子与六经之关系，则引申义固极重要，而尤应分别论斠者。钱穆君乃不此讨核，而惟掇拾"文字说"、"签诗说"、"殷周史实说"诸种解释以为言。不知此仅溯《易》之原耳，其于孔子之关系，自未尝明以诏人也。故凡解释《易》之本义者，无论其为主文字说也，主卜筮说也……要皆为推测《易》之原始义，非所论于孔子《易》也。故考核孔子与《易》之关系，则正为解释《易》之引申义及其理论化转变之关键，故画卦、重卦之作者，时代问题也，卦爻辞作者之时代问题也，及所谓《十翼》之儒增时代问题也，胥应彻底考证，庶可以明《易》与孔子关系，殊钱穆先生乃不此之图，而惟撼拾陈言以为武断，亦见其惑矣。

以上所评仅就《易》与孔子一点粗枝大叶略论之，而钱穆先生之粗疏立见。此非钱君"学不蔚"、"识不足"之过，盖其所捺持之方法有以使之然耳。故凡研治古代思想史者，苟不综其动态，上下贯通，而惟视作静物，横施割裂，鲜有不东邻西爪以一概全者。时贤如冯友兰（芝生）先生，亦尝以黑格尔正反合之辨证法诏学人（见冯著《中国哲学史自序》），但于孔子与《易》之关系，仍不免趋时论以为撰著，其言曰：

《易》之《彖》、《象》、《文言》、《系辞》等，是否果系孔子所作，此问题，我们但将《彖》、《象》等里面的哲学思想与《论语》里面的比较，便可解决。我们且看《论语》中所说孔子对于天之观念：

子曰："获罪于天，无所祷也。"（《八佾》）

夫子曰："予所否者，天厌之！天厌之！"（《雍也》）

子曰："天生德于予，桓魋其如予何！"（《述而》）

子曰："吾谁欺，欺天乎？"（《子罕》）

子曰："噫！天丧予！天丧予！"（《先进》）

孔子曰："君子有三畏：畏天命，畏大人，畏圣人之言。"（《季氏》）

据此可知《论语》中孔子所谓之天，完全系一有意志的上帝，一个"主宰之天"。但"主宰之天"在《易·彖象》等中，没有地位。我们在看《易》中所谓之天：

"大哉乾元,万物资始,乃统天。云行雨施,品物流形。"

"大明终始,六位时成,时乘六龙以御天。干时变化,各正性命。"(《乾彖》)

"天地以顺动,故日月不过而四时不忒。"(《豫彖》)

"反复其道,七日来复,天行也,复其见天地之心乎?"(《复彖》)

"天地感而万物化生。"(《咸彖》)

"天行健,君子以自强不息。"(《乾彖》)

"大哉乾乎,刚健中正,纯粹精也;六爻发挥,旁通情也;时乘六龙,以御天也;云行雨施,天下平也。"(《文言》)

"天尊地卑,乾坤定矣?……在天成象,在地成形,变化见矣。"(《系辞》)

这些话究是什么意思,我们暂不必管。不过我们读了以后,我们即觉在这些话中,有一种自然主义的哲学。在这些话中,决没有一个能受"祷"、能受"欺"、能"默"人、能"丧斯文"之"主宰之天"。这些话里面的天或乾,不过是一种宇宙力量,至多也不过是一个义理之天。

一个人的思想本来可以变动,但一个人决不能同时对于宇宙及人生真持两种极端相反的见解。如果我们承认《论语》上的话是孔子所说,又承认《易·彖象》等是孔子所作,则我们即将孔子陷于一个矛盾的地位。(《燕京学报》第二期《孔子在中国历史中的地位》)

故如据上之论点以观,冯先生似业已受钱顾、诸先生之成见暗示而推考,不知人穷反本,此为固当,孔子呼天,亦不害其为自然主义之萌芽思想。至谓不能矛盾,则尤悖于事实,绝不能以此证《易》与孔氏无关。虽冯先生于其后段曾迭次补正,"不过孔子却是以六艺教一般人之第一人"。"《庄子·天下篇》讲及儒家,即说《诗》以道志,《书》以道事,《礼》以道行,《乐》以道和,《易》以道阴阳,《春秋》以道名分。这六种正是儒家教人的六种功课。""孔子以前已有的成书教人,教之之时,如廖季平所谓'选诗选文',或亦有之。教之之时,随时讲解,或亦有之。如《论语》:'不恒其德,或承之羞。'子曰:'不占而已矣。'(《子路》)""《易系辞》中对于诸卦爻辞之引申解释之冠以'子曰'者,虽非必果系孔子所说,但孔子讲学时可以对《易》有类此之解释。如以此等'选诗选文',此等随时讲解,为'删正六经',为'赞《易》',则孔子实可有'删正'及'赞'之事,不过这等'删正'及'赞'实没有什么了不得的意义而已。后来儒家因仍旧贯,仍继续用六艺教人,恰又因别家只讲自家新学说,不讲旧书,因之六艺遂似专为儒家所有,为孔子所制作,而删正(如果有删正)亦即似有重大意义矣。"(《燕京学报》第二期《孔子在中国历史上的地位》,又冯著《中国哲学史》页六七——页八九)虽冯先生业已谨慎其词,然如顾颉刚、李镜池先生等固已节录前段文字为孔子与《易》无关之铁案矣。(顾著见《燕大月刊》六卷三期《论易系传中观象制器的故事》,李著见《燕京大学史学年报》第二期《易传探源》。)斯故不能不群加考核者也,查冯先生所兴"《论语》之天"与"象象之天",因其矛盾而否认为一人所具有之说,其论旨又恰与钱穆先生之主张同出一辙,兹再节录钱穆先生之说,以便并案讨论。钱穆先生曰:

> 《论语》上的天字是有意志人格的,如"天生德于予","天丧予","获罪于天","天纵之将圣","天之将丧斯文","畏天命","天何言哉","富贵在天"等。这是一种极素朴的观念。《系辞》里的天字却大不同了。第一,他把天地并举为自然界的两大法象,故说"法象莫大乎天地",又说"天尊地卑","崇效天,卑法地","天地设位而易行乎其中","易与天地准",天只与地为类,是形下的一物。第二,《论语》上有用人事来证天心的,而《系辞》却把天象来推人事,所以说"天垂象,见吉凶,圣人象之",把天尊地卑来定君臣夫妇的地位,也是《系辞》里的思想,孔孟儒家并不如是。(见《国立中山大学语言历史研究所周刊》第七集第八十三、四合期钱穆《论十翼非孔子作》)

今综合冯、钱两先生之观点,均认矛盾不能统一,因而谓《易》所言天与《论语》之"天"不能对立,因此遂谓《易》与孔子无关。实则思想矛盾,尽人皆然,固不独孔子为然也,如老子一方放任一方干涉,如墨子一方明鬼一方薄葬,如韩愈一方斥佛一方友太颠,如康有为一方建筑设计复辟一方世界大同,宇宙间一切一切皆矛盾,固不独一事一物为然也。人类无矛盾,则无思想,宇宙无矛盾,则不成宇宙矣。斯说也,试观于坊间所出之唯物辩证法诸名著,而知其确然。彼其所阐发者甚详,故不实赘。兹谨守在书言书之例,略就钱、冯两先生所公认之《论语》再考核之,则深觉矛盾统一说之真能立,而两君所诵言者已不攻自破矣。请例证之:

冯先生曰:"《论语》中孔子所说之天,完全系一有意志的上帝,一个主宰之天……我们再看《易》中所说之天……即觉在这些话中,有一种自然主义的哲学……一种宇宙力量……一个义理之天……一个人的思想本来可以变动,但一个人决不能同时对于宇宙及人生持两种极端相反的见解。"钱穆先生亦曰:"《论语》上的天是意志有人格的,如'天生德于予'……是一种极素朴的观念。……《系辞》里的天却大不同了……第一自然界之法象……第二把天象来推人事。"

谨按:《论语·泰伯篇》"子曰:大哉尧之为君也,巍巍乎唯天为大唯尧则之。"细玩此章之天,岂非法象之天而含有自然主义之色彩欤?

又考《论语·季氏篇》"子曰:予欲无言。子贡曰:子如不言,则小子何述焉? 子曰:天何言哉,四时行焉,百物生焉,天何言哉。"再此籀译此章之天,又岂非行老氏不言之教,而为一种宇宙力量之表现欤?

又考《为政篇》孔子自述其为学之进境曰:"吾十有五而志于学,三十而立,四十而不惑,五十而知天命,六十而耳顺,七十而从心所欲,不踰矩。"彼于不惑之后,再继以十年精进,始敢言"而知天命",岂真如钱先生所称仍为一种极素朴的观念欤?! 彼其为义理之天,则又不待烦言而自解矣。

又考《公冶长篇》"子贡曰:夫子之文章,可得而闻也,夫子之言性与天道,不可得而闻者也。"此章骤视之似觉带有神秘色彩,归审之固仍为义理之天也,诚如冯先生所补述者,"或者可以说《论语》中所说乃孔子对门弟子之言,是其学说之粗浅方面乃下学之事。《易·象》中所说,乃孔子学说之精深方面,乃上述之事,群弟子所不得知者"。是则因孔子罕言天道之故,此类含义之天,遂不多见于《论语》中,此又考诸明文记载而不容诬罔者矣。然则《论语》言天之有矛盾,固征诸上列所引者而知其为事实矣,奚能否认矛盾非事实耶?凡此之失,固皆由钱、冯诸先生仅注意于静的观察,而不以辩证逻辑以考核其动态之结果也,不知人类思想,每随时空而有所变迁,此梁任公先生所以自承"不惜以今日之我,与昔日之我挑战"之为事实。诸公犹疑吾所举《论语》矛盾之为孤证乎?则谨再举数事以证之:

例一 (正)《述而》:"子曰:述而不作,信而好古,窃比于我老彭。"此非孔子自承"不作"乎,然如以他章比而观之则又一矛盾矣。(反)《述而》:"子曰:盖有不知而作者,我无是也。多闻择其善者而从之,多见而识之,知之次也。"此非孔子又自承我为有知而作,非不知而作者耶?

例二 (正)《述而》:"子曰:若圣与仁,则吾岂敢,抑为之不厌,诲人不倦,则可谓云尔已矣。公西华曰:正唯弟子不能学也。"此非孔子自承为不厌诲不倦乎?然比观下章,则又不然。(反)《述而》:"子曰:默而识之,学而不厌,诲人不倦,何有我哉?"此则又否认之矣。

例三 (正)《学而》:"子曰:人不知而不愠,不亦君子乎?"此以不知不愠为君子。(反)《卫灵》:"子曰:君子疾没世而名不称焉。"此君子则深恶不见知于人也。

例四 (正)《宪问》:"子曰:不患人之不己知,患其不能也。"又《卫灵》:"子曰:君子病无能焉,不病人之不己知也。"(反)《宪问》"子曰:莫我知也夫。子贡曰:何为其莫知子也? 子曰:不怨天,不尤人,下学而上达,知我者其天乎?"

例五 (正)《泰伯》:"子曰:笃信好学,守死善道,危邦不入,乱邦不居。天不有道则见,无道则隐。"又《宪问》:"子曰:邦有道,危言危行,邦无道,危行言孙。"(反)《卫灵》:"子曰:志士仁人无求生以害仁,有杀身以成仁。"又《宪问》:"子路问成人……曰:今之成人者何? 必然见利思义,见危授命,久要不忘平生之言,亦可以为成人矣。"

例六 (正)《述而》:"子不语:怪,力,乱,神。"又《先进》:"季路问事鬼神。子曰:未能事人,焉能事鬼?敢问死?曰:未知生,焉知死?"(反)《泰伯》:"子曰:禹,吾无间然矣,非饮食而致孝乎鬼神。"《为政》:"子曰:非其鬼而祭之,谄也。见义不为,无勇也。"

综上以观,《论语》之有矛盾,矛盾之为事实,此固不能否认也。乃犹有执形式论理学之矛盾律以批判者,其亦知所谢短矣。

(原载《教授与作家》第一卷第一期,1934年)

从当代思潮导引出经学之认识与其批判态度

海通以还,国人竞言西方学术,年来民族主义之说又昌。

按:年来我国因受强邻压迫之结果,民族意识,益趋明朗化。所谓"民族解放"、"民族抗战"之呼声,亦日益澎湃而不可遏。于是国内受中山先生民族主义之教育者,恒思究民族文化之所在,而思所以改善适应之方,此中央研究院之所以于社会科学研究所特设"民族学"一科以探究也欤。是则由"民族学"之一总课题,而求吾民族文化之"新估价"、"新解答"、"新生命",实高谈民族主义之学者俊彦等,所亟应努力者也。然而所谓民族文化者,究应以何物当之无愧?余则毫无迟疑瞻顾之余地,敬举此有二千四百余年历史蓄积的长期产物,二万零四百二十七卷之丰富遗产(仅举《四库》甲部而言,其未收入者尚不知凡几)——经籍以对。此秋决待审之聚讼,纷纭而未定之冤狱(即各种经解),时至今日民族主义高涨之时,更应承受科学的贤明的审判官(指少数专家言非指多数国民),予以正确的批判,已无需再受"长久羁押"、"搁置不理"诸处分之必要矣。

因是凡属吾国旧物,亦欲等而类之,比较研几,于是整理国故之议重兴。

自"五四"后所提出整理国故之呼声以来,于是由有历史癖与考据癖之胡适先生的领导,遂举国风从,披靡一世矣。尤以自《红楼》、《水浒》有"考证"、"标点",《镜花缘》、《三国演义》有"新序"、"导引"之提倡后,而凡书贾中之投机标点古书者,加以"考证"或"新序",亦自谓尽此整理国故之能事矣。其较善者,如商务印行之《国学小丛书》,劣者则如四马路摊上之错误标点选注本诸类皆是。因此凡熟读《古文观止》、《凤洲纲鉴》或《古文辞类纂》、《四史文选说文》之类国故家,既随处可遇,而国学选注之粗制品,亦遍布各书坊矣。因此郑西谛先生、何柏丞先生等遂有《谈谈整理国故》、《且漫谈所谓国学》等文箴砭之(见十六年《小说月报》○号)。夫国故一名,美恶均备,标点导引,讵谓能尽?故无怪有疑而诋之者矣。必也由"否定"而"肯定",由"扬弃"而"质变",是则国故泛称,已感不足,取精用弘,斯为允当。岂仅标点、导言、整理足乎哉?是以今日出版界中,已由整理国故之呼声,进而为史的检讨之论著,如神州国光社出版之《社会史论战》、陶希圣先生主编之《食货》等类是。就其意识形态言,不可谓非学术进步之一良好现象,盖已由"整理国故"之阶段,进而入"批判国故"之时代,于是由"国故扬弃"之手术施行后,行将见产生所谓"否定之否定"新作品出世矣。

盖民俗既偷,士气日馁,故思求所以发扬振奋之者,则有民族复兴之声。

现在民族复兴运动之一事实,业已由口号传说,而进入实践阶段矣。试观月刊专著中,已有以复兴标宗者(如新中国建设学会所主编之《复兴月刊》之类是),足征复兴之心声,已为全国民众普遍之要求矣。惟是民族复兴之先,应有一文艺复兴之正确领导,以为民族文化运动者之先路,故检讨民族文化之大部遗产——经学,似亦少数专家所应努力,已不能否认其非急要而抹杀其历史上之任务也。然则由检讨今日文艺复兴之路,以达民族复兴之道,岂号称学术专家者所应忽视,文化前进者所不应了解者哉?

然复兴民族,首重文化,于是又有所谓"中国文化学会"、"中国文化建设协会"诸组织。

按：一九三四年（民国二十三年）后，可称为"中国民族文化运动年"，试观中国文化学会倡立于南昌、中国文化建设协会组织于上海之后，于时各地省市之分会如文化学会分会也、文化建设协会分会也等等组织，亦复纷纷成立。足征民族文化之爱戴，人同此心，心同此理。因之二十四年度，复有所谓"古书年"出现，如商务发行之《四库珍本集成》《丛书集成》，中华发行之《图书集成》，世界发行之《皇汉医学丛书》《医学珍本集成》，开明发行之《廿五史全书》，又《廿五史补编》等。其销数巨万，于百业凋敝之"中国"中，书业独较繁荣，亦可证举国人士对于本国文化之拥护也已。（近商务出版之《中国文化史丛书》，其中如贾丰臻所著之《理学史》，匝月之间已至三版，亦可为爱戴民族文化之证。）是则由"文化检讨"、"文化建设"以进至"文化再生"、"文化复兴"，讵非中国文化由量变倒质变之高度发展象征也欤？

推其用意，皆欲就此土所有，探赜索隐，钩深致远，俾能列于世界学术之林者也。窃念吾国经学，为数千年来先哲之所萃力，讲论贯通，固已灼然自成体系，虽非纯正哲学，亦非断片文件，彼盖几经圣哲阐述，取精用弘，固已成一深长期之思想产物，极广博之人生探究者矣。诚不得绳视为封建时代之遗物，而徒事咀咒诋诃。

按：近日学人民众，因提倡反封建之故，于是矫枉过甚者，凡封建时代所产生之一切文物，遂无条件的全部否认之，不知"扬弃"之"变"，"反"中有"正"，思维之法，温故知新。譬之政治学者，不能因封建时代政治学说，曾有"神权"、"君权"之著作，曾支配社会，而遂根本否认政治学之新发展及其存在。又如讲哲学者，不能因封建时代所产生之"观念论"、"理型说"，曾麻醉社会，而遂根本否认哲学之新发展及其存在。故经学一物之产生，虽由原人劳动生活之六艺技术，而封建学者政教六艺之思维理则。然而由农业社会，而奴隶社会，而封建社会，而手工业社会，以迄今日之半封建半资本主义社会，其中时代转换，思维迁变，已数数异其宗矣，自不能视为封建遗物而咀咒诋诃之。此吾人所以力主于反封建思想之先，尤应持批判的认识态度而的之也。

亦不得仅视为古史数据。

按:清末以迄民国之古史研讨,已由信古的古史家(即肯定的正统派),如孙诒让、章太炎、刘师培、陈汉章、柳翼谋、顾惕生、缪凤林诸先生等,经由疑古的古史家(即否定的反对派),如廖季平、康有为(按:廖、康本为经学大师,因其主"托古改制"之理论,故其史观为疑古也)、梁启超、胡适之、钱玄同、顾颉刚诸先生等,而转入否定之否定的古史家,如王国维、陈寅恪、冯友兰、郭沫若、傅斯年、吕思勉、吕振羽诸先生等(即矛盾对立之统一派)等。正说明由"史教"入"经义"之六经史料,盖由"默守旧章"、"不愿轻疑"之肯定古史家,转入"主观求真"、"一切怀疑"之否定古史家,进展至"分析客观"、"略启端绪"之新建古史家。顾古史史料之局部分析,虽年来有所考核,而古史转换之思想史料,如"以述为作"者,及庄生所称"寓言"、"重言",孔门所传之"征言"、"大义"等类,则常有囫囵吞枣,或观其表而未究其里者,犹比比皆是也。此经学思想之所以不能与史料等观,而别有待于新史学家、新哲学家之进一步的研究者耶?举例言之,如《春秋》书隐公元年春王正月,不书即位之文以证。即可知位之事实为一事,书法之不书又一事也。

余于近三十年来之古史研究专家,大半均系师友关系,本不敢擅为等列,某也正,某也反,某也合,然而就其思想史而论,确曾有此种阶段之发展,并确曾有此种意识形态之"学派"与"人物"。故基于求真之信念,所谓"吾爱吾师,吾尤爱真理"之信条,遂不复有所瞻顾,而毅然妄列如上。顾亦深感其分析之难允当者,良以每人之思想,皆有动态,皆受环境之支配,而各有其反应故。例如梁启超先生之史学,其初期助编康有为先生《孔子改制考》、《新学伪经考》时,宣传今文学,打击古文学,与乎后日所自著《大乘起信论考证》及《评胡适先生〈中国哲学史〉》论老子伪书时代,固确然一否定之疑古的反对派史家也。然如观其撰述《中国文化史稿》时,则已开用"社会学"、"民俗学"以释古史之新途,固已步入矛盾对立之统一派矣。又如顾颉刚先生之初期著作,如《古史辨》一二三册及所标点之《辨伪丛书》,如姚际恒《古今伪书考》、宋濂《诸子辨》、崔述《东壁遗书》等,则纯然一疑古的反对派古史家也。嗣后如《古史辨》之三四五册,及《禹贡》所载诸论著,亦已走入矛盾对立之统一派矣。他如柳翼谋先生、缪凤林先生亦各有其"肯定"、"否定"或"否定之否定",列之正统的信古派,似亦有未当者,然观其大部著作,固属于正统的信古为多也。总之,此就其大体而言,故亦仅能从大体上粗分,如对于近代史家之详细分析,容后当别撰专篇讨核,兹不赘。

而抹杀其思想。

中国思想界之混乱久矣,时贤之见及危机者,亦尝为文论诤之。顾思想之正确与否?合理与否?应批判与否?均似应有一系统整理而覃讨之必要,决不能以个人之好恶而鄙夷之,抹杀之,尤不能因其繁难待理而遂根本否认之。盖经学之为物,其本身演进"有无价值"固一问题,其思想之应了解、应认识,则又一问题也。矧经学历史,即已绵延韧造,二千余年,而国人又签认其曾支配数千年之政教,并由此而影响各时代之制度,是则无论说任何方面言,皆应有受覃究批判之当然理由。诚如时贤所论,现今中国为东西文化斗争后之剧烈演变。所谓西方文化,行将我东方文化全部压倒,则在此"全盘西化论"时代,实无保留余地(胡适之、陈独秀两先生可为代表)。不悟西化东化,亦矛盾对立物也。亦"肯定"、"否定"之"正"、"反"也。然则由矛盾而统一,由正反而合题,乌在其不能由批判之扬弃,而为合理之发展哉。是以由"批判思想"而"建树思想",正当前时代任务之必然阶段。凡认识时代使命,而努力前进者,方推动之不暇,又乌可抹杀其思想而无理否认之耶?

夫先河后海,穷其源也,发叶振条,昭其赜也。经学之所包既大,则其统宗体绪也亦繁,兹故先寻本源,以穷其嬗蜕。

按:寻其本原,即溯源研究法,亦即佛家所谓"种子"之喻。就哲学方面之方法言,即把握核心问题,探索中心思想之谓。亦即所谓出发点是也,就社会科学方法言,即历史研究之剥蕉抽心法,盖寻其最后一层,即知其最初原始状态。又即胡适之先生所常称许清儒崔述精神,打破沙锅纹(问)到底之喻,亦即伊所常称剥皮主义之谓。盖研讨凡百事物,皆必有此"求因"(胡适著《中国哲学史大纲·方法编》)信念之观察,然后乃能知所寻索,又譬之研究自然科学之物质,亦必用分析方法以求其本质,如由分子而原子、而电子,由质子(Proton)而中子(Neutron)、而正子(Positron),以穷至乎其极也。此法长处在能知其"本原"、"起始",如泥此而拘执过甚,不求经历演变之过程,则每事物均以还原主义为究竟义,而必忽略"量变"、"突变"与"质变"后之各种现象,于是进化法则无由说明矣。譬之求轮船之理解,而仍以木舟之制法解释之;论无机有机之化合物,而仍以素朴之五行原素解释之;鲜有不为通人笑其谬误者。故溯原研究法,亦必有其限度也。夫不考核环境之事实演变,与"量变"、"质变"之相互影响,而惟以最初雏型范畴之,奚可哉?又如研讨中国历代学名之含义,如不解其当代之思潮,专乞灵于"语源学"之《说文》,则未有不郢书燕说者。譬之文学一辞,周秦时代,含义固广,及一切制度文物,殊今日文坛使用之含义,则因受西方文艺观念,已为"诗歌"、"小说"、"戏剧"三者之专有名矣。又譬之"经济"一辞之含义,旧日亦广及一切经邦济世之旨,今则已为"节省"、"价值"之狭义所限矣。近儒章太炎先生每好以字原之本义,非难后起之引申义。如原经而采用通称,力主与简册典籍同科,论文学而包含有句读文、无句读文,至谓以文字著竹帛,凡论其法式者皆谓之文学等——守古而不合世界潮流之类是,盖皆蔽于寻原而不知变者也。

后详质变以窥其演化。

按:宇宙无常,一切皆变此固权衡真理之定律。故一切历史,均属迁流,亦属不能否认之事实。然则欲时时把握真理者,其必逐时注意演化明矣。此种方法,用之于哲学研究,胡适之教授谓之曰"察变";用之于古史探讨,顾颉刚教授名之曰"层垒地造成的古史观"。吾求之先哲著述,则西汉王充,盖早已见及此。彼知传说之愈传长、愈久愈繁也,名之曰"语增"(《论衡》篇名);知文学美术思维事理之愈后愈进也,名之曰"艺增"(《论衡》篇名);知儒教徒意识形态之日益演变也,名之曰"儒增"(《论衡》篇名)。此其法在今日动的逻辑(唯物辨证法)阐述中,推寻事物真理与历史真象之研究,尤能说明其正确与合理。虽然,亦有善用不善用之分,彼无成见而善用者,固足以为求得真理真象之指针,如顾颉刚教授之孟姜女研究、歌谣研究等类皆是。其先有成见而代入公式者,则颇觉湮没史迹,抹杀真象,而未尝为真理之尺度。求之时贤著作中,则又如顾颉刚教授之明堂研究、孔子研究、春秋研究等。殊觉不敢信其尽善,兹谨举《明堂研究》一例,略证如次(摘录拙著《经学史》之一节)。

古代明堂制度,传说纷歧,近人如顾颉刚先生本其所宗五充三增定律。(按:《论衡》所言《儒增语增艺增》,百亦极端赞同信奉应用者。惟须先作科学上之定量分析,指文献上之篇章字句,定性分析,指文献上之性质来源等审核功夫,否则难免毁灭史科之嫌。)而抹古代传说,武断待考史料,至谓纯为虚构,毫无其事云云(顾著见广州《中大历史语言研究所周刊》某期),则变本加厉,毋乃太甚,顾考其否认理由,仍一本其蚤年研究之历史观,先纳入其初略后详之预定计划,而代入公式。然后本此而指摘追记者之误,更基此而以一概全,直推翻一切史实,于是上古无史之说,遂成定论矣。不知遂古茫昧,民智未开,虽有史迹,谁复具录,盖十口相传,基于口碑,而后世追记,始著竹帛,此尤各民族古史资料之来源,而为全世界学者所公认者也。是以历世绵渺,代有增益,此固自然现象,抑亦势所难免,故全部信奉传说,自多矫诬不实。然因此而一切否认,则亦未免蔑古,核其得失,厥过惟均。盖一则蔽于"古虚"(仪征刘师培先生著有《非古虚论》上、中、下三篇,为反对井研廖季平先生所主"六经制度为孔子折衷四代,托古改制"之说而发。见民国五年《中国学报》第二、三、四各期),而不解"探源",识"语增"而不洞"语宗"。一则蔽于"传说"(象山陈汉章先生所编《通史》,大都全部信奉传说,不加别择,虽云宁过而存之,颇能尽保存史料之功,然而不加批判,亦似有淆乱求真之失),而不解"裁流",守"史传"而不瞭"史变"。故核考史实,扬榷思想者,既当籀其所以异,尤须籀其所以同。因"语增"以求"语宗",则源探矣;本史传以索"史变",则流裁矣。夫然,庶可以言辨章学术,考镜流别矣。则明堂之说,又乌可以先略后详之公式,而否决之乎?请论证之。先生谓明堂之说,倕落孟子,以后则代为附会,实无其事云云。不知明堂传说,其来甚远,惟载之竹帛,肇始孟子耳,殊难武断孟子以前,直无此类传说。试观其原文可见。"齐宣王问曰:'人皆谓我毁明堂,毁诸?已乎?'孟子对曰:'王欲行仁政,则勿毁之矣,夫明堂者,王者之堂也。'"

覆按上文,足证明堂之说,发诸齐宣王问,非孟子自造也。又证以"人皆谓我毁明堂"句之"人"字,则似明堂为当时通行传说,其所由来远矣。亦非孟子所能伪撰,乃顾先生因不乐孟子借发王政议论之故,遂武断曰"本无其事",不知彼号称科学方法者,其逻辑之谓何?夫明堂传说一事也,孟子借事明义又一事也,故斥孟子借论王政非真史实固可,如因此而并抹杀古代传说则不可也。不知寰宇古史,胥出口碑,实证虽尠,因由有自。晚近社会学者,每取之以证人群演进,如尧以二女妻舜,可证图腾之亚血族结婚。夏桀以不祀见伐,可证古代之宗教战争。又若诸帝感生说,可证古代原人之乱婚。而姚姒、祖姜、妘姞、妫嬴姓氏,并可证古亦有母系制。故明堂传说,既远述于周人,则核其渊源,自亦有所演化,是以予于明堂之锡名,颇疑为"神明之堂"、"幽明之堂"或"文明之堂"、"明器之堂"之浑言。本初民巫祝祀神之遗型,政教未分之通例,且考诸《孟子》以外子史诸书,更别有证。

1.《逸周书·程寤》曰:文王去商在程,正月既生霸,太姒寤见商之庭产棘,小子发取周宝之梓树于关闲,化为松柏棫柞,寤惊以为告文王,文王召发于堂,拜告寤受商之大命于皇天上帝。

2.《戴记·明堂位》:昔者周公朝诸侯于明堂之位,天子负斧,依南面而立,三公中阶之前云云。此周公明堂之位也,明堂也者,明诸侯之尊卑也。《周书》明堂亦同,足征明堂传说远起周初矣。

3.《孔子家语·观周篇》:孔子至周,观于明位,睹四门墉,有尧舜之容,桀纣之象。又有周公相成王,抱之负斧依南面以朝诸侯之图乎。

4.《孝经》曰:子曰:昔周公宗祀文王于明堂,以配上帝。

钢百按:《周书》虽佚,尚有残简可稽,《家语》虽经王肃伪乱,然《观周篇》文曾见西汉公羊家《严氏春秋》引用,当系古本。《孝经》虽经姚立方斥为依托孔、曾者之伪书,然《汉书·艺文志》有《魏文侯传》,《吕氏春秋》又引其语,故虽可定为七十子后学依托,然亦在战国初年也。要之均在孟轲以前或同时之传说,至迟可断其非袭取孟子者,而孟子之述明堂,必非凭臆妄造而有所自来矣。故据诸右例以观,足征明堂之说,远肇初周,非孟子所得而伪造也。徒以茫昧无稽,殊虽群核,然马迹蛛丝,颇耐探寻,虽先周史实,尚无确载,而传说口碑,每多兼述,是故远溯三代以前,恒见有此类似者,惟名目传说稍歧耳。(说详拙著《经学通史·明堂考》节,兹以文太长不赘。)

是故论究演化之"语增研究法",必先知"语宗"之溯源研究法。知"溯源"而不知语增之演变,谓之"顾首不顾尾";知传说而不知中心"语宗"之渊源,谓之"数典而忘祖"。盖"原始而不要终"与"通今而不博古",均未尝为彻上彻下之了解,均见于一曲,而未窥其大全。皆不可谓为得"究竟义"参"最上乘"者也。

庶乎本末具而而"体相"明。

按:经学本身之理论体系,考之史实而自明(说详后章《论经学之特殊性与综合性》)。惟时贤因受史料分析之成见,于是睹其偏而忽其全,不知六籍经义,自成思维范畴,六艺经术,特组生活全貌,虽时代各有表著,而统体不越乎人生,如以史料之分析概全体,岂人生亦可以史料分析得之耶?盖全虽成于分,而分不必等于全,良以"一全体每为一有动力有生机之单元,非徒部分之集合者也。是故全体之整体性,自有其不属于各部分各原素之性质,譬之知钟表发条机件之单独关系者,未必即知钟表性质。知氢、氧气之单独关系者,未必即知水之性质。知"细胞"、"体素"、"官器"之关系者,未必即知机体之性质。知"感觉"、"性感"、"欲望"之关系者,未必即知心灵之性质。知"神经"、"筋肉"、"液腺"之关系者,未必即知行为之性质。无机之物无论矣,机体之特性为生命,心灵之特性为觉识,行为之特性为意志,此惟属于全体,不属于部分,并不属于各部分之关系。各部及其关系,固属于全体,而全体不止乎是(引自黄著《伦理学研究法》)。试观黄建中先生于《伦理学研究法》中昭示通衡行为之价值时,宜用涵著法之结语,即可知通观全体,固特有其整体之法式也。黄先生于理想论宗之涵著法一节言之颇详。所谓涵著法者,内涵具体作用之法也(The Method of intensive Concretion)。内涵指一事一物所包涵之一切性质,具体则凝合各种性质为一,构成著明昭察之全体,故谓之著,亦谓之察,是法之于事物通观全体而不蔽于一曲。麦耳志(Merz)、霍尔斯(Hoernla)原名之曰通全法(The Synopite Method),而骆宾荪乃锡以涵著法之名。通全(Synopsis)一词,实原于柏拉图理性见事物之全,悟性见事物之分。析一事物为若干原素者,分析也;集诸原素而使之复合者,综合也。视事物如一全体,则为通全之法。综合未尝不示人以全体,其全体仅为部分之集合,而各部且画然甚明。通全法乃真实之全体,其部分殆犹不能辨。分析先于综合,分析所失,综合亦缺焉。通全不依分析,圆满自足,毫无亏损。分析之足病,在误认全成于分,分等于全,设既见全,更于全中之分,明其区别,而示其关系,则分析法亦可与通全法并行不悖云云(见黄著《伦理学研究法》)。故知原于六艺之经学,既有其整体性,则先由全以明其分,自可由分而得其全矣。兹再引用德国新兴完形派心理学之言论,以为吾所谓具特殊而综合性之经学参证,其言曰:

> 以为事物全体所具的"形式"与"个性"不能求之于部分中。例如一种乐曲,本具有特殊的形式,我们如果把乐曲中单音,一个一个的分析起来,决不能得着乐曲的特性,由此可见乐曲所具的性质,由其全体而生,而非素来含在牠的部分里面。(见萧孝嵘著《格式塔心理学原理》十二页—十三页)

是故经学之为物,分之则支解破碎,综贯固厘然有其体相,然则经学之为经学,又岂割劣饨饤所能求得者哉!

统系立而"理则"显矣,作《经学界说抉微》。

按:经学之产生,初原于生活六艺之劳动技术,继成于典籍六艺之思维规范,是则彼之本身,本由外界事务之现象反映,从而构成内在思维之理则。固考诸历代载籍、体验身心物质而可征者也。惟是吾国科学思想,与科学事业,因无继长增高之发展,故虽有"六府"、"三事"之"利用"、"厚生"等标帜,而科学社会之进展仍微,此所以反映于经学思维之轨范,亦无甚具体进步之表现也。然经学体系之自成轨范,亦每因其历史背影与环境而反映。彼初由人类生活而俱来,表现于教养劳动及生产技术之六艺(礼、乐、射、御、书、数),继转为先哲思维之范畴,组成于政教道术,而由史入经之六籍。故经学之特立统宗,摄有"生活的历史哲学"与"生活的轨范科学",彼其"理则"之范畴,盖已于先天环境中孕育之矣。

(本节完全章未完)

(原载《复兴月刊》第5卷第10期,1937年6月)

经字考释与经名溯原

一 经字考释

籀经名谊,训解各殊;综厥指归,界说靡定。考《说文》:"经,织从丝也。"(从丝二字,二徐本阙,段玉裁依《太平御览》卷八百二十六补。)(注一)从丝巠声,从丝为经,衡丝为纬,引申之为组织之义。近儒仪征刘先生(师培)因为经书之文,奇偶相生,声韵相协,以便记诵,而藻会成章,有三五错综之观,古人见经文之多文言也,于是叚治丝之义,而锡以六经之名。(注二)余杭章炳麟先生谓经者编丝缀属之称,故绳线联贯谓之经,亦从本义为说。(注三)而班固《白虎通》(注四)、张揖《广雅》训经为常(注五),刘熙《释名》诂经为径(注六)。钢百案:诸家疏解,言胥有据,惟自树学立言,仍以班、刘为当。盖名谊含宏,宙合各异;悖时论衡,厥过即诬。溯名原以不章,其缪固非;因树学而取谊,肬别有在。故书号曰经,徒属妙达神恉;经而成学,此中谊蕴宏规。儒家宗师仲尼,教传典册承学祖述,自尊所闻。其激扬高视者,尤因当时有所感刺。盖观《管子》有《经言》凡目(注七),《墨子》有《经说》上下(注八),而《庄子·天下》著诵墨经(注九)。它如孙卿引《道经》之语(注十),《韩非》揭经说之偁(注十一),

尤证经已尊崇,竞相步武,而黄老之徒亦有经传著录,如《老子邻氏经说》、《老子徐氏经说》、《黄帝内经》、《离骚经》等(均见《汉书·艺文志》)。具征经之成名,衍于先秦,经谊尊圣,蕰瀁周末矣。再稽经传用字之义如左:

《易·屯卦》象曰:云雷屯,君子以经纶。郑氏注:谓论撰《诗》、《书》,乐施政事。

《易·颐卦》六二:颠佛经于丘。又六五:拂经居贞告不可涉大川。注:经法也。

《诗·灵台》:经之营之,庶民子来。《传》:经,度也。

《诗·小旻》:匪大猷是经。《毛传》:法也。

《周礼·天官》:大宰以经邦国。注:经,法也。

《左传》:宣公二十年称礼经,又曰武之善经。

《左传》:昭二十五年夫礼天之经也。注:经,常也。

《孟子·尽心下》:君子反经而矣,经正则庶民兴……又经德不回非以干禄。注:经,常也。

《荀子·正论》:道也者,治之经理也。注:经,常也。

具右诸例引中已宏,足征书号曰经,谊蕴周深,尊视常法,目已圣典,固与《吴语》"挟经秉枹"者殊科矣(注十二)。然则班、刘以经常诂之,渊源自有,盖时空递嬗,匪如前之浅泛矣。辟取旧籍"经济"之义以况今日"经济"学说,则广狭异趣伦类不通,故尚溯名源,自目章氏为塙;而讨核故记,仍以刘、班为允。是以说解经籍,应区"广"、"狭",俾有伦脊不相杂厕。自广义言:则凡绳贯成文者,皆可名"经",含义之广直与"册""典"同符,故《吴语》"挟经秉抱",兵书为经,世经、周髀、秝数为经。《论衡·谢短》曰:"五经题篇,皆以事义别之,至礼与律,皆独经也",则法律为经矣。阳成子长作《乐经》,扬子云作《太玄经》(见《论衡·超奇篇》),晋挚虞依《禹贡》、《周官》作《畿服经》(见《隋书·经籍志》)。共见于《汉书·艺文志》者,有《文海经》(形法类)、《四时五行经》(天文类),而医经有七焉。

83

至四库著录,招摭尤芜,如《牛经》、《马经》、《茶经》、《鹤经》、《水经》、《图经》等,更仆离数。似此百工技艺,凡尊其本师之说,奉为不刊之典者,盖常称经矣。若自狭义言,则儒家经典,数不过六;核实计之,无乐廑五耳。而历世以传为经(如《左氏》、《公》、《穀》是也),以记为经(如《大戴礼》是也),以群书为经(如《周官》、《孝经》、《论语》是也),以释经之书为经(如《尔雅》是也)。龚氏常为文攻之,则又独尊宜圣,弗许后贤滥厕者矣(说详龚自珍《六经正名说》)。故核之文献,含义有二,一失之广,一失之狭,然以名学之后,则已别立系统,特具新解,因不得纯然诉之语源,以索寻其义蕴矣。

晚有溯字源以考古如卫聚贤先生者,因见金文中有:

巠

巠(盂鼎)巠(毛公鼎)巠(克鼎)

泾

巠(克鼎)

坙

坙(郏公坙钟)

经

經(虢季子白盘)經(齐陈曼簠)

四字,遂肯定为四类字形,此固不敢谓通达知类,似亦无以见经学之源。然如因系为纺织之成品,又肯定巠声偏旁为纺织器形;又见《说文》有巠为壬省声,遂又肯定壬为纺织机声。此皆卫先生创思奇想之铁证,亦可谓尽理想化事实之能事矣,特附记于左方:

卫君谓:就"巠"的字形观察,系纺织的一个器具。下一平画及中一平画系两本板,中一竖画系一木杆。除杆穿入上中两平画柱外,而上中两画有二曲线相连,系铜或铁的曲柱,因系曲形,可以旋转。《齐阵曼簠》的"经"字,除"纟"旁系标明为与"丝"有关外,而"巠"中平画,上有三个墨点,即表明系丝旋绕在曲柱上的。

字音

《说文》：巠……壬省声……巠，古文巠不省，以巠为壬声，而巠与壬音近，故从巠的字，《说文》都解为"巠声"。如：

經：谷也，从山巠声。　　径：步道也，从彳巠声。

到：刑也，从刀巠声。　　劲：强也，从力巠声。

娙：长好也，从女巠声。　　悭：恨也，从心巠声。

桱：桱程也，东方谓之荡，从木巠声。

泾：泾水出安定泾阳井头山，东南入渭，雝州之川也。从水巠声。

脛：牛膝下骨也，从牛巠声。

羥：羊名，从羊巠声。　　胫：胻也，从肉巠声。

莖：枝柱也，从草巠声。　　蛏：丁蛏，负劳也，从虫巠声。

赨：赤色也，从赤巠声。　　轻：轻车也，从车巠声。

鋞：温器也，从金巠声。　　陉：山绝坎也，从阜巠声。

颈：头茎也，从页巠声。　　鲗：鱼名，从鱼巠声。

经，织也，从丝巠声。

巠为甚么为壬声，因纺丝时由曲柱旋转而发出——壬壬壬——的声音，是经字就形声言，原始均为纺织的器具。

字义

(1) 有长的义

娙——《说文》："娙，长好也。"《玉篇》"娙，身长好貌。"

巠——《说文》："巠，水脉也。"

胫——《释名》："胫，茎也，直长似物茎也。"《汉书·赵充国传》："闻苦胫脚寒泄"，颜注"胫，膝以下骨也"。

脛——《说文》："牛膝下骨也"。

颈——《释名》："颈，径也，径挺而长也。"

(2) 有细小的义

茎——《说文》:"茎,枝柱也。"《楚词·九歌》:"秋兰兮青青,丝叶兮紫茎。"

轻——《国策·齐策》:"使轻车锐骑冲雍门",注:"便也"。《孟子》轻重同。

硁——《论语》:"硁硁然小人哉。"

从"巠"的字,为什么要有长及细小的义?是"经"本为"巠",系纺丝的器具。因丝系细而长的物,故从"巠"的字有细而长的义。(以上见卫著《十三经概论》,开明书局出版。)

余意六经之前身,为技术六艺(即礼、乐、射、御、书、数),六艺之后身,为载籍六经(即《诗》、《书》、《礼》、《乐》、《易》、《春秋》),正表明经学产生渊源之历史的社会背影。盖前六艺(即礼、乐、射、御、书、数)为渔猎社会之生产劳动,后六艺(即《诗》、《书》、《礼》、《乐》、《易》、《春秋》)则农业社会之精神劳动,此固证以艺之有"射""御",经之为编丝之文,而铁案不移者矣。一说详拙著《经学通史·六艺考》及后章《经学之特殊性与综合性》一文。

二 经名溯源

夷考儒经命名,尚世无征,象山陈君汉章以《管子》证《王制》,谓即经名所由昉,其曰:"《王制》'乐正崇四术,立四教,顺先王诗、书、礼、乐以造士。'《管子·戒篇》曰'泽其四经',尹知章注'四经谓诗、书、礼、乐'。证以《春秋》僖二十七年传云'诗书义之府也,礼乐德之则也',可知《管子》实乐正之四术,而定名为经,经之为言犹术也。《说文》训术为邑中道,郑注《考工记》曰'经亦谓城中道',高诱注《吕览·当染》、《有始》并谓经为道,昭二十五年《左传》注云'经者,道之常',故《管子·小匡》士之子尝谓士也。然则经之术,始于乐正之四术;经之名,始于《管子》之四经。"(见陈氏所作《经学通论》)而吴承仕正之,谓《管子》四经,当即四杂。(说见北平十四年《中大季刊》,因行箧无此书,兹不详。)百按:《王制》之文,七十子后学所记(予别有考证);《管子》之书,系属战国时人所造(说详宋濂《诸子辨》、姚立方《古今伪书考》)。似此举证已诬,自难置信。然则经形书契,究何始乎?管窥臆说,俶落漆园。《庄子·天道》:孔子往见老聃,翻十二经以说(注十三)。又《天运》:孔子尝谓老聃,丘治《诗》、《书》、《礼》、《乐》、《春秋》六经。又《庄子·天下》篇六经冠首,推崇备至,揭道术之指归,悲百家之分裂,其宗经仪儒,独具卓识,当亦儒家别传(注十四)。嗣后孙卿《劝学》诏人诵经,经典之名,遂论定矣。兹条证于左方:

《荀子·劝学篇》:学恶乎始?恶乎终?曰:其数则始乎诵经,终乎读礼。

又《荀子·儒效》:圣人者,道之管也。天下之道管是,《诗》、《书》、《礼》、《乐》归是。《诗》言是其志也,《书》言是其事也,《礼》言是其行也,《乐》言是其和也,《春秋》言是其微也。

考仲尼及门,多至三千,身通六艺,数亦七十。(按《仲尼弟子列传》为七十六人,《孔子世家》为七十二人,此举成数言也。)顾绍继传学者显学殊寡,参、商、思后,廑资孟、荀。加以微言既没,大义复乖,其阐发经谊者,寂焉无人,故居今日而钩稽故记,求一完善树学之定义,渺不得得。兹举可据为典要者,条列如左方:

(1)《小戴记·经解篇》:孔子曰:"入其国,其教可知也。其为人也,温柔敦厚,《诗》教也;疏通知远,《书》教也;广博易良,《乐》教也;洁净精微,《易》教也;恭俭庄敬,《礼》教也;属辞比事,《春秋》教也。"

(2)《史记·滑稽列传》:孔子曰:"六艺于治一也。《礼》以节人,《乐》以发和,《书》以道事,《诗》以达意,《易》以神化,《春秋》以道义。"

(3)《汉书·儒林传》云:古之学者,博学乎六艺之文。六艺者,王教之典籍,先圣所以明天道,正人伦,致治之成法也。

(4)《史记·太史公自序》:《易》著天地阴阳、四时五行,故长于变;《礼》经纪人伦,故长于行;《书》纪先王之事,故长于政;《诗》纪山川溪谷、鸟兽草木、牝牡雄雌,故长于风;《乐》乐以所生,故长于和;《春秋》辨是非,故长于治人。

(5) 扬雄《法言·寡见》:说天者莫辨乎《易》,说事者莫辨乎《书》,说体者莫辨乎《礼》,说志者莫辨乎《诗》,说礼者莫辨乎《春秋》。

(6)《淮南子·泰族训》:温惠柔良者,《诗》之风也;淳庞敦原者,《书》之教也;清明条达者,《易》之教也;恭俭尊让者,《礼》之为也;刺讥辨义者,《春秋》之靡也。

综上以观,义各有见。如《戴记·经解》之称,是以"教育学"视经也。如《史记·滑稽列传》、《汉书·儒林传》所称,则固视为政治原理,而欲以经邦济世也。若夫《太史公自序》、《扬子·法言》、《淮南王书》所称,则包括"天文""道德""政治""艺术""哲学"等而宣究之,其孕育更广矣。

(注一)《说文解字》段玉裁注:"织之从丝谓之经,必先有经而后有纬,是故三纲五常六艺,谓之天地之常经。"

(注二)见刘师培所著《经学教科书》第一册第一课。

(注三)见《章氏丛书·国故论衡》卷中《文学论略》:"余以书籍得名,实冯傅竹木而起,以此见语言文字,功不能齐。世人以经为常,以传为转,以论为伦,此皆后儒训说,非必睹其本真。案经者,编丝缀属之称,异于百名以下用版者,亦犹浮屠书称'修多罗'。修多罗者,直译为线,于义为经,盖彼以贝叶成书,故用绳线联贯也。此以竹简成书,亦编丝缀属也……是故绳线联贯谓之经,簿书记事谓之传,比竹成册谓之仑,各从其质以为之名。"

(注四)班固《白虎通·五经篇》:"六艺之文,《乐》以和神,仁之表也;《诗》以正言,义之用也;《礼》以明体,明者著见,故无训也;《书》以广听,知之术也;《春秋》以断事,信之符也……五者盖五常之道,相须而备,而《易》为之原,言与天地为始终也。"

（注五）见张揖《广雅·释诂》："商、甬、经、长，常也。"

（注六）见刘成国《释名·释典艺》："经，径也；常，典也。如径路无所不通，可常用也。"

（注七）《管子》书内目次前九篇名"经言"，以下各篇则曰"外言"、"内言"、"短言"、"区言"、"杂篇"等……一书之内，经传并收。

（注八）《墨子》书中有《经上》、《经下》，及《经说上》、《经说下》等篇目。

（注九）《庄子·天下》："相里勤之弟子，五侯之徒，南方之墨者苦获、已齿、邓陵子之属，俱诵《墨经》，而倍谲不同，相谓别墨。"

（注十）《荀子·解蔽篇》："故道经曰，人心惟危，道心惟微。"

（注十一）《韩非子·内储说》："上先述七术大要，名之曰右经；次举各种传说记之篇末，名之曰右传。"其《内储说下》，亦先述六微名之曰右经，次记各种传说，称右传。

（注十二）《国语·吴语》："十行一嬖大夫，建旌提鼓，挟经秉枹。"韦昭注："经，兵书也。"

（注十三）陆德明《经典释文》："说者云：《诗》、《书》、《礼》、《乐》、《易》、《春秋》六经，又加六纬，合为十二经也。一说曰《易》上下经，并十翼为十二经。一说云《春秋》十二公经也。"

（注十四）百按：《韩非子》谓庄周为子夏再传弟子，似觉渊源有自，非无故也。余杭章先生乃诋昌黎悠谬，误矣。予别有《庄子经说疏证》。

（原载《复兴月刊》第 5 卷第 11 期，1937 年 7 月）

论大学课程中之经学研究

观近年各大学所以教经部之学者,其为弊有二:曰以唐人"贴括"记诵之法,代探究研几之事,食古不化,将使学者全成为科举时代之人,如广东某大学是也。广东中山大学中国语言文学系主任古先生所订之课目表(见该校二十一年度"概览"及《国学论衡》第二期附录),兹摘录如次:

一读书之士亦有担荷世道之志,故忠孝之义宜讲。夫《孝经》辞连旨环,文义又美,故首授之,以为立身学文治国平天下之本焉。

一《孝经》为六艺之总汇,六经为文章之奥府,今以经为基本国文而子史辅之焉。

一基本国文以玩味经文、涵泳义理为主,故有选诵之规定。今定诸生每日选诵一百言,月诵三千言,按月考试,能暗书千言者及格,超三千言者超等。凡超等者,呈请校长,奖给膏火以为勤学者劝。其基本国文凡七分,为四年修毕。《孝经》、《语》、《孟》与《毛诗》(全讲全诵)为第一年级必修课,《礼经》(《礼运》、《中庸》、《大学》(全讲全诵)、《左传》(选讲选诵)为第二年级必修课,《周礼》、《尚书》(全讲全诵)为第三年级必修课,《周易》(全讲选诵)为第四年级必修课。此外选修课目中,则有《诗》毛《传》、郑《笺》、孔《疏》(第一二年级选),《周礼》郑《注》、贾《疏》(第三四年级选)、《仪礼》郑《注》、贾《疏》(第四年级选修)、《礼记》郑《注》、孔《疏》(第二三年级选)、《四书集注》(未注何年级选),又有《公羊传》、《谷梁传》文(亦未注何年级选),而《经学通论》(未注何年级选)、《经学历史》(第三四年级选)乃揉在选修之例。

综观所述,殆全为科举时代之旧习。其态度为墨守,则无所抉择;其方法重讽诵,则轻弃讨论。且教程颠倒,设置通论、通史于选修;标举错误,竟列《公羊》、《谷梁》于文事。其人非惟不知今,并亦不知古,徒标尊经,竟亦何鉴?于是来讨学究之诮,塞研究者之途,而学术本身,益增障雾矣。

一曰以近世"文学"、"史学"、"哲学"之观点,部勒群经,抽引一端,矜为新解,而实无观其全奥通,笃时之士,多出此道,固不难一二举数也。分析经部之书,始于陆懋德先生《经书之分析》一文,其后为目录学者,大率仰师其意(如李笠先生之《三订国学探书撮要》)。年前黎锦熙先生发表讲话,论读经问题(见二十四年四月二十四日上海《民报》),亦主经学分隶各科,按分析用以探其质。余亦素所宗守,若无综合以究其全,愚以为决不能见中国思想之整体也。

夫六籍为先民巨典,古代文化,于焉结集。孔子修述而后,儒家传诵,推阐衍变,各极精思。四千年来之思想学术,文物制度,莫不与有关涉,依为定转,而旁通互明,经学又自成体系。居今世而欲推究古代政、教、文、史诸科之实,固当于是取资,然不能因其钩稽史料之故,而遂割裂经学之统系,并抹煞其全体性。犹之"教育学"取资于哲学、心理、社会诸科,而自有其完整之性,独立为用也。盖学术分类,初无定准,当求其实,不当求其名。彼西人立学,诚无经部之目,然基督之书,泰半神话,罗马之法,已属古典。犹且考释订注,视为专业,况此封域大小,远不相侔,义蕴精粗,别有特立者乎?推原时贤之论,亦有数端。其以《周易》为杯珓,《尚书》等乎档案者,此疑古玄同之论调,见所作《广诘》一文中,当时以反对中小学读经,有为而发,词意不无偏激。然中小学之当读经与否,为一问题,探究经学之真,又为一问题,不容牵彼入此,纯任感情,作一往之论也。故《易》之卦爻,诚原卜筮,然《十翼》之续,则哲学思想也;《书》之文体,亦似案卷,然籀其微谊,则政教原理也。乌可以江河源于青海之微小,而遂否认其纳川入海之伟大哉?此盖知溯源而不知衍流,知溯义而不知引申,亦犹仅知茹毛饮血、营巢掘穴之为古代生活,而不知烹调珍味、楼阁宫室等,亦由兹演进也。言者以此为高,何尝一考其史,大抵此辈用心,惟知哗众取宠,诡随阿世,固未尝平情酌理,别组系统,至如上亘故篇,坚持反论者,则彼故欲摧烧,何事讲求?此又甘心灭学,无足深论者已。其次则以《毛诗》属文学,《尚书》属史学,《周易》属哲学;其于《春秋》三传也,则《公》、《谷》入哲学,而出《左氏》于史;《周礼》、《易》、《书》隶《史记》,《礼记》又归哲学。著之目录,施于校课,于是经部之书,半被尸解,经学之名废,而经学之实亦寖微矣。

余非有私爱于经学之名,必欲坚持之以自固也,特探索经学之进展,含宏光大,发生未已,非一义所得而尽,非溯源所得而定。盖经学之为物,适如社会学然,固综合各种生活样式而自成结构者也。其所申述,若为陈迹,而因事寓理,逐时流转,自上世以迄于今兹,推以至于将来,固时时昭示人生轨范,绵延创造,垂著常法。由自然社会推而至于思维,亦时时组成理则,自我认识,弥纶宇宙。惜今兹尚未完成,未能与世人新的认识耳,但前途光明,来学难诬,努力以创造此新经学运动,是又所望于科学运动中具正觉之大勇者也。

窃谓此类似是而非之论,其言说甚狡,其影响亦最大,不可不辨。请先以《诗经》论之,近人论著纯认为其为古代歌谣总集,故仅据文学观点欣赏。此钱玄同、顾颉刚先生之说,见《古史辨》中(如《从〈诗经〉整理出歌谣的意见》)。按《诗》属文学,固为探源史论,然《传》、《笺》疏解,已涉政教理障,故就经学立场言,《诗》解亦颇多思想资料也。于是但取男女赠答之词,用相矜尚,谓传注拘牵,直可尽废,此亦探源而不竟其流,知布帛为丝所缕成,而不知可用裁以为衣也。春秋列国交聘,赋诗见志,床笫之言,可达公廷。如《左传》所载,襄二十七年"七子赋诗",昭十六年"六卿赋诗",皆享钱大仪,而所赋诗如《野有蔓草》之类,则男女沟会之词,当时不以为嫌,翻见德好,是固因假借为用,非其朔义也。若伯有赋《鹑之奔》,赵孟斥之,以为"床笫之言不踰阈",是非谓诗涉床笫不当赋,盖谓伯有赋诗之志在诬其上,是内室之言,不当播于公廷。此足征孔前诗教,已为行人之用,而非文学本义,则孔门言诗重在阐发(如子贡、子夏经师敷畅,别标义解),斯固思想发展之古例,不能一笔抹煞事实也。词有比兴,各自标举,其于当世政教风俗,正可因此推见,此不必当探索者乎?迨仲尼宣述,因文起义,寄寓德教,有如格言,孟荀之徒引赞实繁。《孟子》引《诗》者三十三,论《诗》者二;《荀子》引《诗》者八十二,论《诗》者十一。凡所称述,意皆引申,类多恢宏理则,垂为典训,或则前说未密,后说转精也。此为治思想史者,宁为无用耶?

汉世齐、鲁、韩三家,分立学官。齐时杂糅《易》纬之说,最为诡异,六情五际,旁通天人,然或以为陈灾异,当谏书,今用其说诚未可,使废弃说,则无以究当时学术政治之实矣。此外《传》、《笺》义说,莫不考其时代思想,学术风趋。例如宋儒偏言义理,自辟境界,故郑樵、朱熹乃攻《小序》而自为说;明人趋向文辞,好为华言,故戴君恩、凌濛初等乃以品藻之法,创生新解。又如宋室南渡,国仇未复,则袁燮、谢枋得于《黍离》、《扬之水》诸篇,三致意于"复仇"之意。似此引申,孳乳实繁,是则经学含宏实广,亦有由矣。凡此数篇,皆为文化史、学术史宝贵之材料,而治经者亦当借文化史、学术史以相与发明,孰谓可举一废百,恝然置之乎?且以今之观点言,《诗经》固不徒为文学观赏之用而已,其草木鸟兽之名,治古生物学者所宜考索也;训诂音韵,治文字学者所宜论列也;民风国俗,治社会学者所宜察识也;语其时,徵其地,证其事,明其人,所谓"诗谱之学者",古史家又安可以疏诸?包世荣有《毛诗礼徵》,李超孙有《诗氏族考》,洪亮吉有《毛诗天文考》,所涉亦博矣。凡此皆为"诗经学"者所当摄网振维,通观博取,有以自得,有以谲人,不当妄生分别,仰屋而谈,使自生荆棘,动辄多碍也。此外诸经,凡儒家修订传述之后,亦有新获,非必一如其旧也。《尚书》、《春秋》,虽名列二体六家,若徒以史料视之,则多没其实;《周礼》、《仪礼》,亦非惟《大清会典》之比,盖思想寓于制度,后代因于前代,因文见道,此即遗迹,况乎数千年既崇奉讲习,期其历史价值可见;以《礼记》言,奔丧投壶,明堂月令,类多古礼遗文、社会风尚,又岂能判然为异?总之,合之为经学,则赅而能遍,通而无碍,其于中国文化之大业,可以得其根株,明其条贯矣。

以言教学,则以经讲经,其用犹宏,析而言之约有数事:一曰可以觇思维之全,可以鉴著述之原,探四术之说,辨六艺之实,周公旧典,孔父新义,条别类观,爰得其要。乃若经解判教,比同天台,蒙庄述学,同归道术,斯又完形派之归论,而可以通科哲之邮也。二曰可以考每代之王制,可以论家法之流术。齐鲁殊传,古今异学,家法具在,各有所明,一书之中义或别出,数经通观,乃可证同。不考论其源流,何以知其条例?故合齐鲁,原八儒,而孔氏之学显;考古今,通汉宋,而儒家之道明矣。三曰可以校典制之异同,可以证大义与微言。《周礼》《王制》,礼有别异;《论》、《孟》、《公》、《谷》,言或相同;比合以观,其情乃若。此《白虎通论》、《五经异义》所由作也。若夫昧于一隅,不可谓通,辨章学术,谊当出此。四曰可以明训诂之通转,可以推文法之递嬗。《诗》、《书》成语,多可比同,聚观则其用显,类列则义自明。《易》象《春秋》,爰及三礼,证其异同,然后行文之法,详略之故,乃可得明。是又非独抱一经可得而究其终始者也。

由上所明,则经学之当设专科教授,其义甚显。无论经学所含,可施于今世与否,而其历史价值,则断断不容忽视者也。彼域外之人,尚勤奋于中国学、支那学之攻究,而吾人固可蔑弃其国闻,土苴其文献耶?且今之所用,昔之所遗,社会文化,生息相切,如环无端,如流无已,故欲把握现在,直非检讨过去不可。余当为经学下一新定义,有因借前业而创辟一新境界之思,其词甚长,见余所著《经学界说抉微》中。大要在"以系统组织的思考,求宇宙人生之法则,研究个人与集团演进之正确轨道,而达一天下共同的合理的人生行动与理想者,是为经学"。若此,则经学之业,益增宏博,不惟囊括旧典,且将创新来学。树义立坊,虽或觉其唐大难期,然实亦从事文化运动者所应有事。吾辈为学，欲其日辟百里，不欲其沟鹜自蔽也。尝谓中国政教学术之大原，既在于经，则凡大学文科中，皆宜择要讲习，使略明统绪，知所求索，其于文史哲皆当有助，不然各守封域，贸不相知，则其发展为畸形，而经部之书，终将拉杂摧绕矣。

然余非主恢复光绪末叶所订学堂章程之制也，其时大学堂文科之外有经学专科，盖犹沿科举之遗制，告朔饩羊，略存旧型。故其时学者，有服习而无讨论，知经籍而不知其余，诵读墨守，昧于时趋。夫知古而不知今，其极也并古已无所真知，此则徒能为贴括之学、制艺之文，重为经学增其蒙翳耳，岂所敢语于研究哉？所谓研究之法者，在使学者通其条贯，明其本真，顺流以溯源，因迹以求心，不杂成见，纯任客观。夫然，庶可叙次众说，各与评价，举其时代而明其所以，意在阐述而不在信守，故内可以取证子史，外可以持较西说，异同宗绪，方可得明，施于今世，乃可无过。夫岂遵功令而为文，奉神主以宣教者哉？斯并世贤达所以言及经学而颦蹙，革新志士，所以论及读经而攘臂者，皆此辈"村学塾训"、"冬烘头腊"所引起之反感也。然如以此之故而根本反对，而不许检讨，则因噎废食，仍为一孔之见，而非所谓合理的科学态度者矣。

余不敏亦厕身大学，十年之间，历教三校（前武汉大学、中山大学、暨南大学），所任皆经学。居尝考究大学文科课目，于中文系课目之厘订，亦既贡其末议矣（拙著《检讨国内各大学中文系之名称及其组织课程》，见《新中国杂志》第五期，又《与邹海滨先生论中文系课程意见书》，见《教授与作家》第一期）。念此经学绝续之际，时贤论议，既多异同，各校课程，犹见歧异。余忝窃斯席，谊当有言，非以自卫，聊现其愚，愿与当时贤达一商榷焉。夫经学之自成体系，既知上述，其于大学文科中，自当专设讲座，使文、哲、教、政、经诸系学生，皆得选读，以期检讨。则经学之为专门研究，固急应采索者矣，推二千年来，著述繁博，覃究讲习，须循次第，至其条目，可得而言，兹列为简表如左方：

课程	年级	必/选修	每周授课时数	每周实习时数	修习期限	说明
群经概论	一	必	三		一年	提挈纲领,指示门径,使学者知经学为何物,及经部著述之梗概。
经学通史	二	必	三		一年	阐述经学上源流派别,及与各时代政教学术关涉之迹。
经学研究法	三	选	二	一	一年	举前人治经之成效,与近世科学方法,举例示端以为启发,此导专经研究之先路也。
专经研究	四	选	三	一	一年	此为窄而深之研究,预示以研究之各面,及前人已有之成绩,时加以新观点、新材料之提示,使学者从事董理,有以自得。

备考:按研究事项,本难立一固定规程,此特略就教者讲授之时间言耳。至研究题目与期限,则由教者学者,视题目之大小难易,与材料之繁简抉择而定,兹特节录"日本东方文化学院"有关经学之研究成绩以示例。

1. 东京研究所

研究题目	研究期限	研究员指导员助手
《仪礼》郑注补正	自昭和四年四月至昭和七年四月,昭和九年四月迄,延期,昭和十年四月迄,延期。	研究员服部宇之吉,助手阿部吉雄
清代今古文学研究	自昭和七年三月至昭和十年三月	研究员岛田钧一
公穀□□□	自昭和八年四月至昭和十年四月	指导员宇野哲人,助手牧野巽
儒家治道之研究	自昭和八年八月至昭和十一年八月	指导员宇野哲人,助手稻华诚一
《左传》研究	自昭和八年八月至昭和十一年八月	指导员宇野哲人,助手服部武
《吕览》《荀子》引经考	自昭和八年八月至昭和十一年八月	指导员岛田钧一,助手藤川熊一郎

2、京都研究所

研究题目	研究期限	研究员指导员助手
《礼》疏校伪	自昭和六年一月至昭和十年一月,昭和十二年迄,延期	指导员仓石武四郎
《礼记·月令》天文考	自昭和七年五月至昭和十年四月	指导员新城新藏,研究员能田忠亮
《礼记疏》之研究	自昭和七年五月至昭和十年五月	指导员小岛祐马,助手长盘井贤子
《春秋左氏》贾服注研究	自昭和八年四月至昭和十一年三月	指导员小岛祐马,助手重泽俊郎
《曲礼正义》校释	自昭和九年四月至昭和十二年三月	研究员吉川幸次郎

有研究结果者如研究员松浦嘉三郎所研究主题为"丧服源流考",而论文副产品则有《文字之起源说》、《支那古代长子相续制度》、《九族考》(自昭和四年五月至昭和七年四月)等特别收获。又如研究员吉川幸次郎研究主题为"郑氏《春秋》学考",而其副产品别有《左氏凡例辨》诸论文(自昭和六年四月至昭和九年三月),则又取精用宏、博约并用之效也。

香港大学文科中文课程表

	经学	史学	文词精选历代名作
第一年	《大学》、《中庸》、《论语》、《孟子》,以朱子《集注》义理为主,参以古注训诂	(甲)注意在历代治乱兴衰,《通鉴集览》自三皇起至秦止,《史记》自《三皇本纪》起至《秦始皇本纪》止。(乙)注意历代制度沿革,唐虞至两汉疆域考、财政考,以"九通"为主,参以"二十四史",有讲义。	
第二年	《诗经》、《书经》,以《十三经注疏》为主,参以《钦定七经》	(甲)注意在历代治乱兴衰,《资治通鉴》自西汉起至东晋止,《汉书》、《后汉书》、《三国志》、《晋书》,择编讲义。(乙)注意历代制度沿革,唐虞至隋疆域考,以"九通"为主,参以"二十四史"表志,有讲义。	

续　表

	经学	史学	文词精选历代名作
第三年	《仪礼》、《周书》、《礼记》,以《十三经注疏》为主,参以《钦定七经》、《五礼通考》。	(甲)注意历代治乱兴衰,《资治通鉴》自南北朝起至五代止,《通鉴纪事本末》、南北史、《隋书》、《唐书》、五代史,择编讲义。(乙)注意历代制度沿革,唐虞至宋疆域考、户口考、财政考,以"九通"为主,参以"二十四史"表志,有讲义。	
第四年	《春秋》、《左氏传》、《公羊传》、《谷梁传》,以《十三经注疏》为主,参以《钦定七经》。	(甲)注意历代治乱兴衰,《资治通鉴》自宋起至明止,《宋史》、《辽金元史》、《明史》,择编讲义。(乙)注意历代制度沿革,历代疆域、户口、财政及其他制度,以"九通"为主,参以"二十四史"表志,有讲义。	

香港大学中文学院专科授课

	经学	历史	哲学	文词学	翻译	英文
第一年	《孝经》、《四书》	上古至汉	古代哲学至孔子哲学	古文选讲集部	英译汉,汉译英	照大学入校试英文教授
第二年	《诗经》、《书经》	汉至隋	孔孟哲学至周末秦朱子	古文、诗选讲,集部	英译汉,汉译英	照文科一年相同
第三年	《周礼》、《仪礼》、《礼记》	由南北朝起	荀子、庄子及汉魏晋诸子	唐宋诗文集	英译汉,汉译英,注重外交文件	照文科二年相同
第四年	《春秋左氏传》、《谷梁传》、《公羊传》	宋至明	近代诸子	文学择讲历代诗文	英译汉,汉译英,注重选诗集及中国诗古文词	在文科内选择用英语教授之科学一门习之,凡经及格科学第二年英文者,得选第三年英文而习之

按群经概论,所以提起纲也;经学通史,所以明其变也。此不过略涉藩篱,借为他书研究之助耳,似为一般文科所必修。若夫经学研究法,则以导其径;专经研究,则以穷其奥。途述渐分,已近专门,此为高年级少

数研究者所必设,使各就其性之所近,预为学术论著之准备。彼旧日学塾则不然,故用其全部时间于读经而仍尠通材者,即一由高头讲章之为累,一由教学程序之错倒也。或者又以为讲授概论、通史等课,将使学生尽为章实斋所谓"横通之士",非能有所□述者也。按此说亦似是而非,夫抉择精英,昭晰是非,孰与撷拾芜杂、黯蔽无闻者比观? 条列要语,创通谊例,孰与拘牵章句、自限一隅者等观? 盖此概论、通史之作,将使专攻者得其梯航,而非以此相限,苟再进而求之,则左右采获,如逢其源,途端径省,事半而功备矣。借使非专攻之士习此而止,亦得稍窥端绪、粗闻要义,他日校论学术,考辨文化,亦可知所求索,不致重陷五里雾中也。试以古人所引起注意点者证之,昔戴东原幼时,读《大学章句》至"右经一章"以下,即举问塾师曰:"此何以知其为孔子之言,而曾子述之? 又何以知其为曾子之意而门人记之?"师应之曰:"此先儒朱子所注云尔。"即问:"朱子何时人?"曰:"南宋。"又问:"孔子、曾子何时人?"曰:"东周。"又问:"宋去周几何时?"曰:"几二千年矣。"又问:"然则朱子何以知其然?"师无以应。夫考定时代、明其真伪,在旧日以经为"说教主义"者,自以为非务,在今日经为学术研究者,则当所以先急。教学方法之异,时为之也,亦势为之也。方今不能入尽传注丛杂之说,然后为通观。而于经籍又不可不有明达之识解,斯固必有约举而告之者矣,此大学校与研究院之工作,所以不可缓者欤? 若夫概论、通史虽有讥其为"横通"者,然略知经学之轮廓,犹当胜于"不通",况"横通"之说,亦为专家之所以标异自矜,谅非所语于教学之程序也。譬之治哲学者,亦当先习哲学概论、哲学史诸课,而后上探柏拉图、亚里士多德之书,下穷康德、尼采之论,由通而及别,则即别乃可以观通矣。

至于研究态度,可言者亦有二事。一曰以现代合理的科学观点为主,不必为古人争门户。自来说经之士,多为家法、师法所限,虽义各有明,而此归一偏。汉宋分垒,今古竞烈,偏执固非,调人亦误。大抵今文多唐大诡异之词,古文多拘泥牵附之弊;汉学言义理或疏,宋学于名物未审。其有依违两者之间者,乃又莫知抉择,漫然比合,吾辈今日治学,于家法派别,固当条晰缕述,校论异同,所以各述其本,用明真际,固不必以已死之□,苟为标异,助不可解之斗,益增纷乱也。二曰以研究批判态度为尚,不可以说教主义蔽其真。此弊亦有新旧二派,其在旧派,以为圣人吐辞,彝论攸在,讽诵讲习,所以为德。故其讨论取去一以所持之道德标准为断,譬之王柏以郑声为淫,而径删《郑风》;崔述以圣人为无过,而否订传说。若此之论,皆以后人成见,强施于古,其有不合,则以害于义而迳去之;其有所合;则断不容人考辨致疑。夫如此,是曰言孔孟,而去孔孟弥远也。夫使孔孟之说,有可施于今世者,当阐述其真,使出后人附益而可施行,虽非孔孟而何害?学问之事惟求是,两者固可分到而驰也。至于新派则一以"疑今"、"惑古"、"杵击孔子为能事",举一切中国之弱点,而尽以相付。窃以为疑今惑古非不可,但当不以成见出之。疑所不必疑,惑所不必惑,则亦王柏、崔述之续耳。至于真正批判与研究之事,当袪此两弊,不轻信,亦不妄疑,道德有新旧,无因拥护与反对之故,而牵引以入经学也,亦为真以既明,然后可以持论去取,以之建设新中国之文化耳。

凡经学研究,所有数事,若目的、课程、方法、态度,既皆稍加论列,略加上述矣。今请一述平日教学之实课程解题,提要举例,以供参考。

一、群经概论

经之名,由编策之通号,而引申为宝典之称、常法之训;经之实,由六艺之专名,而渐以升配传记,蔚为十三。十三经之结集成于宋世,然所升配之传记,固儒学之宗传、五经之羽翼,自汉以来,已渐尊显。清人段玉裁、龚定庵欲正名定辞,以尊六艺而扩经为二十一,其事既未得用,今亦姑沿成俗为说。

彼其发展之途术,思想之统绪,自当阐析论次,明其概略者也。在昔沛王通论,束晳继作,载籍云蔑,厥旨不传。昔石渠奏对,白虎讲论,并广集群儒,通议诸经,异同然否,乃可得明。许慎之辩五经,郑玄之论六经,亦其次也。夫斯学之界义与其封域,类当使学者先知,否则望洋兴叹,迷不知津。若群经大义传说流别之类,不有概论,熟条便是,本课首即说明经学在中国思想史上之地位,并重新估定其在世界学术上之价值,审名覈实,广证典籍,既述旧闻,并开新术。次乃覃究群经之原始,钩稽遗闻,推证古史,论学术官私之异,辨周孔作述之情。次则传记造作,著录先复,于其影响,推其本始,则口说可珍,遗文即贵。次又效辨伪之功,考托古之说,条列次第,时代以明,夫然后思想发展之迹,制度衍变之实,可推而定矣。次又条举篇章目录,序说大义,如《诗》之"六义四始",《公羊春秋》之旨称之类,要在举示厓略,明其本际,其有传本异同,解说差异者,则各加考论,随时疏释,因又据群经之遗文,述石经之沿革。再次乃论述家法派别,各明其统,推究真象,不持门户。因再博徵甲部之书,备言传、注得失,取则晁、陈,略为解题,使学者进而研读,知所求取。末复以经学与近世各种科学提挈并论,申述经学之将来,而定理董之新方式焉。

二、经学通史

通史固与概论不同,概论以事为纲,而粗为鸟瞰,通史则以史为叙,而进作通观。故论议或相涉,而方法不必同。通史之方法在即后索前,由因明果,以论述经学二千余年之衍变,而观其与学术文化交互影响之迹者也。窃以为经者,旧史之遗,高文典策,群所遵奉,由来尚矣。是当与孔前溯其源,有祝史之宗教经籍,迄西周之政典经籍,穷原竟委,务探其奥,学术思想之渊源,则求其故。因又推考孔前之教育状况焉,由神教以迄政教,凡"明堂"、"大学"、"成均"、"庠序"之制均博徵而详考之。于六经与孔子之关系也,则矫异说而存真象,正时贤六经与孔无关之谬论,而折衷于孔作、孔述之确证。乃若先秦之际,孔门诸子,则由今古文而判析齐鲁学与晋楚学;于两汉则振纲挈要,具阐其真,贾马大义,董何微言,家法师法,条析异同;于魏晋六朝,则平反郑王,而分述南北学;于唐之啖、赵,则明其变;于宋之孙、刘,则详其本,至如闽洛诸儒,摆落汉唐,独标新解,则缕述其义理而存其真。若夫辨聪明,空谈臆断,由宋元以迄明末,其学自抒心得者,既各明其宗,其主持太过者,亦昭揭其误。清初顾、黄诸大师,倡导朴学,乾嘉以来,蔚成风气,皖吴学派,自有异同,道咸以后,公羊学兴,风趋亦变,流转演化,迄于今世,其脉络可寻,其流派宜详。

至为学方法,及持论标准,古今以来,咸有时趋,或因仍前业而转盛,或力□旧学而开新,自生及灭,道穷则变,其势然也。语其成学之基,固多因借于当世之文化;而成学之后,又可以转移影响后来之文化。学者当循流而讨源,因迹而求心,庶不致有"点鬼簿"、"书目录"之消矣。至研究所取途径,则凡汉宋门户也,古今家法也,齐鲁师说也,史哲成见也……诸观点胥一并打破而捐弃之。不入主出奴,不似是而非,纯然以客观态度、辩证逻辑条分而析述之,若然,或可以讲明经学变迁史之面目欤。

三、经学研究法

此课与群经概论有若干相同,亦有若干不同。即相同之点,固亦加详加深,以此为高年级学生所修习,借与专经研究相辅为用者也。其目的有二:一曰启研究之途术,二曰助理解之兴趣。其取材亦有二:一为取古人已有成绩以示例,一为资近世科学以开新。所谓古人已有之成绩者约而言之,又有四端:一曰"通训诂"。明于声韵假借文学条贯,则顺考古义,释然得闻,不致望文臆测、纠屈难通。若王引之《经义述闻》,及清人诸经解多有所获,宜择取示例。二曰"审文法"。句读或殊,文例未明,偶乖经意,差谬转滋,语词未悉,亦同此病,若《经读考异》、《经传释词》、《古书疑义举例》诸书皆有助于文法之用。训诂文字明而后经乃可籀读,小学附经,班《志》之后,近世朴学,于此尤勤,发疑正读,时具悬解,今不惟离经办志如学记之所云耳。更当参考其方法,进作"比较文法"之研究。三曰"明体例"。经籍传注,各有其体,行文著事,自具成法,《春秋》三传,义例斠明,其余各有详略,不能概同。如凌廷堪《礼经释例》之类,固可举以为范,此外因事推求,有可得言。注家亦自有例,不可不知,若段若膺《周礼汉读考》之类,其尤大可注意者也。四曰"通家法"。因传授派别之不同,而群经之说乃大异,更当条列实例,明其所以。凡此数者,皆研究之先务,成学之初基。此外则参之目录以观其概,若朱彝尊《经义考》是也;辨之伪说亦传其信,若崔东壁《洙泗考信录》是也;讼之子史以验流,若刘师培《周季诸子述左传考》、陈省钦《春秋纬史集传》是也;考之金石以传其徵,如俞樾《汉碑引经》、王国维《高宗肜日考》是也。举示例端,略当启发,明前业之有此,知善者之宜循,本此而求,或功迈古人,学转精密,未可知也。

其次则采近世自然社会诸科学之成绩与方法,按社会科学、自然科学之原则,均以事实为研究对象,彼固注重因果律与客观性,故其认证事实也,必然达正确之途,而叩真理之门,盖其由事实到理论,纯从实践经验来也。经学一物,既系因经籍之组成、叙述与解释、说明而来,故其所具之客观性、实在性、物质性,亦离主观而存在也。惟旧日二千年来之经学家,大都纯据主观,自立臆说,或为局部之解释,或为片面之观察,一经且未全授,群经遑言遍通,此或为雅为颂之汉初事实,所以见讥于刘歆也(见《太常博士书》)。《艺文志》、《六义略》称"古之学者耕且养,三年而通一艺,存其大体,玩经文而已"。则尤古代未尝综合说明之证,故混合今古之郑玄,折衷三传之啖、赵,调和汉宋之陈澧,其欲由对立以求统一,斯固事实之必然性。虽成效无多,贡献未宏,然究其在"经学之发生学"上言,固有其伟大意义也。尝谓过去经学之方法,虽与哲学相似,亦用思维、推理、概观、批判、求根源、立系统以创造其智识体系,然其欠明确、不具体,则与观念论者之玄学等耳。故如希冀其能成世界上学术重镇,则仍应如科学方法之以观察、实证、分类、求原因、立定律为科条,则庶乎可另辟蹊径,别立境界也。纳于经学研究中,此非唐人之大辞,亦非标异之论,盖学术风趋,势必至者也。试考今日所言之政治、经济、法律、教育、社会、哲学诸科,皆泰西学人覃精研思所分科周义者也。其条理密察,部析精至,诚有足多者,移用其法以治经术,科分类系,比絜异同,则中国文化之真际以明,而经学之研究益臻光昌。类系之则为各专科之史料,综观之则见经学之整体,固何妨取借外□,创生新解,而凡归纳、演绎、辩证诸方式,又皆资以为用,则其所得当益多。夫然,则经学之别成新学术,自可因新元素而得新生命矣。

居今日而论经学,鲜有不认为泥古顽守,迂拘不达者,不知经学之源,本之环境,与生活而俱来,随时代以贸迁,故予尝谓经学为人的科学,或为人类生活学(详余所著《经学界说抉微》中)。法人孔德,分世界学术思潮为神学的、玄学的、科学的三时期,予维中国经学之绵延演进,盖亦同此。彼固亦循此以进化者,由神人的混杂叙述,而入历史的说明演绎,今则由分析而综合,由静观而动察,以达科学的合理阶段,此则新经学运动应努力者也。

《诗经》研究

《诗经》夙为显学,久重士林。历代研治,部录实繁。余尝即其见存者造一书目,粗略记之,无虑二百余种,其间或详训诂,或辨序旨,或考论时地,或《诗谱》之学,或徵验动植补陆《疏》之要,猎取文词则有品藻专书,校论读吐则有音韵专作,有总纲而为通论,或阐微言以翼三家,义各有明,言多可采。今之专科研究者,固当博综广取,兼收并蓄,为学术存史料,为政教求因变。而或者乃不了解,此虽成学之原,亦有演变之迹,竟谬以为传说尘蔽,不如尽废,直寻文本,乃得诗旨(顾颉刚先生《诗经之厄运与幸运》一文主此亦力)。此仅知溯古初之史,而不知寻转变之义,真所谓知其一不知其二者矣。夫训诂偶误,大义或乖,音节不厄,韵味索然。一物之蔽,而意关兴比;本事未知,则何由索解?是虽徒为文艺欣赏者,亦当备探众说也。即美刺之说,亦有可徵,吉甫作颂,孟子为刺,《雅》、《颂》庙堂之什,多有为而发,其在国风,亦可推考,是亦未能尽废也。且诗有本意,有采之、赋之、说之之义。孔子尝以诗为教,曰"兴于诗"、"思无邪",曰"迩之事父,远之事君",盖常以诗为情操教育之利器焉。其后儒者传习,各以其见附于《诗》,虽未必即原诗本意,然固代表说诗者其时其人之思想,是则后之论次学术者,盖亦有所取焉。准此以推,则虽丰坊伪书(如《子贡诗传》、《申培诗说》),亦不必废也。故今之教《诗》者,自当叙次旧义,申之考辨,探原本始,明论删述,究徒歌乐诗之说,定时世先后之次,旁通礼制,徵验土俗,四家异同,序义得失,总为要论,以发其凡。然后详覈训诂,博考名物,审韵俪而正读,析文法以通词,评骘篇章,涵泳文藻,明其本事,发其志意,洞彻□言,折衷一是。盖片善可矜,寸长足录,陈两曹之辞,而定谳可得,即庸常之论,而精义转在。启发助益,夫岂一事?固当胜于不考本末、面壁虚谈者矣。

《论语》研究

刘《略》班《志》,以《论语》、《孝经》、小学宾附六艺。古代六艺,《书》以二尺四寸策,《论语》则八寸簿,比之传记,示不敢同于经。然汉世博士各守专经,而未有不通《论语》者,盖书社启蒙之所通习,亦以其得儒学之要删也。有宋以后,登之十三经,列于"四书",几于家弦户诵矣。诚以为孔传六籍,虽经修述,而不若此篇之微言存真,虽词约语简,而最足徵信。诚能发微显幽,明其语源。宋郑汝谐有《论语意源》,日人鬼井鲁有《论语语由》,其于孔子意之向在,语所由出,粗事探索,略开端绪。窃谓《论语》一书,语简词简,凡圣人所以为言之意,与当时情事,类多阙略不具,观子贡欲知夫子为卫君否,而举问夷齐何人,则圣贤问答,固多微言相感者矣。观《檀弓》所记"丧欲速贫,死欲速朽"之语,则知有为而发之言,不得其故,必有转滋疑误者矣。今欲就《论语》以究孔子思想,必当分析以事研究,综合以为比观,其因人因事,缘时缘情之论,具当一一推校,庶有以得其真而观其全也。

由《论语》以明儒学之本,上而探六经,下而穷孟荀诸子,其关涉演变之迹,昭然自简,然《论语》虽蒙童诵习之书,语其条理考辨,亦非易事。本课首考校其成书时代,题号定名,捃辑佚文校论真伪,《微子》以下数篇,崔述亦颇致疑,并加考核,以究真际,次乃例举注疏,推校得失,郑玄《抉择》,始能异读;何晏《集解》,功在存古;孔、汪虽伪,要不可废。董仲舒、何休以公羊家言明《论语》,及清而刘逢禄、戴望辈张之,阐发微言,词尤谲皇,至若黄侃《疏义》,时杂玄谈,斯亦时俗风趋,影响经学者也。朱熹《集注》,聚宋儒之精英,发义理之深蕴,然援儒入佛,或堕理障,及清儒而详覈训诂,曲证礼制,精如刘台拱之《论语骈枝》,博如刘宝楠之《论语正义》,斯其选也。今网络众说,博采诸家,彼各有所明,其于孔子之义,要当有所发落也。然后就《论语》所言,条分类系而观其会通,如阮元《论语论仁篇》之比。自孔子之生活态度及其政治、教育诸学说,参证群籍,得其条贯。

《论语》成于门人之手,固不能尽备孔子之说,特最可信据,当视为治孔学之要删焉耳。晋王肃网罗旧闻,造《孔子家语》,清孙星衍捃拾逸文,广为《孔子集语》,虽传记芜杂,未可尽信,而口说流传,或间可取,是亦为可尽废也。又六经存孔子修述之迹,孟荀衍儒家宗传之绪,取用参证,则孔家思想益明。其余子史传记或可因明时世,或可借验遗说,要必博取通观,乃得真际,故《论语》虽在唐世为小经,然亦非颛蒙固陋之徒,所可得而究其终始者也。而孔子之行事,与六经作述之关系,又当即此而推明阐论之焉。至若《乡党》一篇,半是礼经;《尧曰》数章,全是训典;其余或语徵前志,意在述古,凡义有所取,行有所同者,亦随加疏释,各明其然焉。

《左传》研究

《左氏》一书,聚讼纷如,传经与否,自待论证,然其取资,似因旧史,考其体制,固有凡例,盖缀事见义,原始要终,创立传本以翼麟经者也。其言笔削之意,或与二传殊科,而会盟征伐,典章文物,事无巨细,靡不毕载,故凡研治古代文献者,此其上选也。惟董理无方,则治丝愈纷,宝山空回,宁非□事。兹故科析类例,分别论斠,语其贯理,约有三端。

1. 考《左氏》解经,刘歆始创,征南释例,服□是因,比事□词,谅有可取。顾何为周公之旧典?何为孔父所修纂?膏肓之疾何以箴起?窜乱之疑何以明辨?识能审《公》、《谷》之异义,阐其古人家法,即覈群书所称引者,以定其成书之时代,则古今聚讼之纷可解,而素臣造述之迹明矣。或又谓《左氏》多杂巫祝,并张民本,则即记载以考思想,更因思想以论时代者,亦研经之新术也,抑犹有进者。治学之道,通观是尚,今即所载卜筮之法以考《易》,即当时士大夫所称述以考《诗》《书》,即□祭聘饗之节文以考礼乐,钩稽遗说,疏证异同,如入宝山,左右逢源,斯诚刘舍人所谓"圣文之羽翮,记载之冠冕也"。此探究之关经学者一也。

2. 昔范武子称"《左氏》艳而富,其失也巫",近世汪容甫解之曰:"《左氏》多言巫祝卜者,史官记事之成法,《周官》大宗伯之联事然也。"(说见《述学·左氏春秋释疑》)居今稽古欲以明其礼俗,辨其风尚,则此等史料,翻为怀宝。范氏又曰:"《左氏》以鬻拳兵谏为爱君,是人君可得而协也。文公以纳币为用礼,是居丧可得而婚也,伤教害义,不可强通"者,亦执后世伦理之见,强绳古人,非考史者所宜取也。今固当就《左传》所载,迹其思想,考其行事,礼乐刑法,军赋食货,其灼然在政典者可知也;地理历数,姓氏种族,其散在牒记者,亦可推而明也。盖上古史迹,《春秋》实为枢纽,坟典邱案,故视此为要删焉。识能稽于《诗》、《书》以寻其源,考之《国语》以证其同,检乎诸子百家以穷其变,途辙既启,成果有期。此探究之关于史学者二也。

3. 先民有言,《春秋》之称微而显,志而晦,婉而成章,尽而不污,惩恶而劝善。余惟《左氏》之文章,始克兼此数美,观其记君臣之间,对行人之辞,从容大雅,彬彬乎实有其文矣,其叙战争也,亦鳃理秩然,委曲尽意。自来文章家莫不摹其篇章,猎其字句,流传讽诵,在人口耳,固已成文学常识之一部矣。即以骈文隶事而论,亦多取于此,庾子山其最著者也。章实斋谓后世文章之体,备于战国,其实战国之文,多出《左传》,盖其博依善喻、妙于语言同也。且用近世训诂文法之学以治《左传》,诚亦多可致力者。唐人贴括之学,以《左传》为大经,由今观之,岂徒以文词繁多为大哉?此探究之关于文学三也。

总上三术,通其大义,考其史实,籀其文章,发凡起例,以审学者,见仁见智惟所择焉耳。

《春秋》研究

王荆公诋《春秋》为断烂朝报,说者以为基孙莘老之书,有为而发(详周麟之《春秋经解》、王伯厚《困学纪闻》卷六、朱竹垞《经义考》卷百十一)。章实斋《经解》中谓"夫子之述六经,皆取先王典章,未尝离事而著理",则《春秋》因事寄义之书,彼史学名家,亦有此共信,是则《春秋》之有微言,寓理想,斯固事实昭然,不容诬罔者也。或亡而为有,或正言若反,以文字之移易,定思想之批判,其文理密察,允称独特。夫《春秋》定名分,别嫌微,固儒学之要籍,孔氏之遗经,虽后人讲论,或有缘饰增附,要其大义微言,可探讨而得,可寻理而定。盖三传分途,各有所明,虽经同一文,而事义迥别。汉学守门户,则争持一家以为辩;宋儒矜新义,则多排旧解以立说;聚讼既纷,闻者生厌。则以为扪烛叩盘,本非其真;郢书燕说,自因其实。然口说流传,即后可以退前;异义纷陈,众中必有一是。是当参校史实,详稽典礼,究笔削之文,覈日月之例,及门讲习,或有先后,汉儒所传,要存大较,策书之文,固有成法,孔子修述,非无义例。且研究之事固有二端:一曰讨本寻源,以孔还孔,宣正名之义,究外王之道,则儒学之宗明。一曰考析传注,评定真诬,使俱如其本位,则真象可说。何休《解诂》,时杂谶纬,借明为汉制作,取重当世;胡安国《传》明外内之义,详复仇之说,感激时务,意在匡复;故或以为"汉之《春秋》"、"宋之《春秋》"也。若此之例,非止一端。范宁谓:"《左氏》以鬻拳兵谏为爱君,《谷梁》以卫辄拒父为尊祖,《公羊》以祭仲废君为行权。皆伤教害义,不可强通。"不知此正可见其思想特色,时代影响,非《春秋》之意,亦正可觇彼时彼人之说。若公羊家所谓"大一统"、"大居正"、"王者无外"诸义,后世政治,犹且被其影响,讵可不详加考论以明儒学之绪乎?今以辩证之逻辑,作科学之覃究,博徵载籍而不主一家,条具源流以各探其际,要为思想之抉发,不仅文献之整理,故与《论语》诸书,同为治儒学之要典焉。

一九三五·八·一〇

(原载于《民治月刊》第一卷第二期,1944年)

名原复音广证

此文为拙著《名原考异》中卷第五章，原书计三卷，约二十余章。上卷为《辟旧篇》，如辟言汉字衍形之谬，辟言汉字单音之谬，辨苍颉六书之伪托，刺许氏《说文》之诬妄，上古结绳文字辨，三代古史异文辨。中卷为考订篇，如汉字变迁发微，结绳文古行考，结绳文灭亡考，结绳文遗骸考，结绳文遗音考。下卷为补证篇，如反切索隐，客难解嘲，苍颉为亡是公考，孔子正名译经考，秦始皇焚书同文考，语言文字一源说。全书南无草刱，功已逾半，拟竢杀青，就正方家，惟以研几繁难，故时日尚稽迢迢耳！顷读林语堂先生《古有复辅音说》之后（见《晨报·六周年增刊》），不觉距跃三百，哲彦所见不谋而合。旨虽稍违，例仍无殊，爰将"结绳文遗音考"一章改易今题，助彼张目，并质今之治言语文字学者。著者识。

吾国文字，已两阶级，昔亦结绳字母文（结绳确为文字，郑玄"大事大结绳，小事小结绳"之说非是，至今人援近代蛮族之例，亦未可信，余别有疏证详辨）。后则六书单音字，尔后流传之名，均非皇古之旧。尤自尼父正名翻经，祖龙火书同文之后，典籍已炉，面目全非，故吾人今日欲从累变后之六书文字载记中，而考求灭亡之邃古结绳文原体，亦譬诸由汉译佛经中，以寻梵文字体，其奚能得真像哉！例佛经中梵文之音译者如：刹那、修多罗、阿赖耶、般若波罗密多、南无、菩萨、迦蓝、阿罗汉、阿耨多罗、檀那尸罗、羼提、毗黎耶、禅那……西文中之音译者如：烟士波理绳、密斯、布尔塞维克、德模克栖西、逻辑、塞恩斯、哀的美敦……仅遗声韵，可资想象，无多征实，足为参求，今兹从现时之六书单音文，以考古代之结绳复音字，殆亦此类焉耳！

考复音之说，自汉迄今，二千余年，直无人发此疑团。意者，复音进为单音，本自然之趋势，书契一统同文，几经圣哲考革（说详"结绳文灭亡考"），浸渍濡染，历年既久，摧残厉禁，探源无从，日居月诸，因遂数典而亡其祖乎？窃尝考其进化之迹，因得其变迁之源，凡为铁证者，得入公例：1.合音，2.自反（反切），3.一字重音，4.一字两声，5.一字迭音，6.连语，7.复语，8.省声。

1. 合音。吾国古为复音语系，前数章既已迭言之矣，然而胡为而成兹今日之单音语系，此其故则本诸语言自然之势，厥后圣哲贤豪，乃因之以谋文字改造，其所由来者，实远且渐，固非一朝一夕之故也。闲尝思维其故，盖由于短言疾言而成合音耳，宋沈括谓古语二声合为一字，郑樵谓慢声为二急声为一者，皆以此也。后人不知其为语言变迁之途程，局促于音韵之范围内，强谓为反切之始（顾炎武说）。呜呼！其亦不思甚矣！百尝不慊于心，嗣乃悟为语言之变迁，进化之历程也（说详后章"反切索隐"）。兹将音论所举例证，暨仆之所搜罗，胥并录列如左：

薋：《毛诗》："墙有茨。"《传》："蒺藜也。"按：蒺藜合读，正切茨字。

壶：《毛诗》："八月断壶。"今人谓之胡芦，《北史·后妃传》作"瓠芦"。按：瓠芦正切壶字。

芎：《左传》："山鞠穷乎？"鞠穷，芎。按：鞠穷合读正切芎字。

陴：《左传》："守陴者皆哭。"注："陴，城上僻倪。僻，音避。"按：僻倪合读，正切陴字。

那：《左传》："弃甲则那。"那，何也，后人言奈何。按：奈何合读，正切那字。

降：《左传》："六乡三族，降听政。"注："降，和同也。"按：和同合读，正切降字。

穀：《春秋》："桓十二年，公及宋公燕人盟于穀丘。"《传》："勾渎之丘。"按：勾渎合读正切穀字。

邹：《公羊传》："邾娄，后名邹。"按：邾娄合读，正切邹字。

铭：《戴记》："铭，铭旌也。"按：铭旌合读，正切铭字。

椎：《玉藻》："终葵，椎也。"《方言》谓："椎为终葵。"按：终葵合读，正切椎字。

禘：《尔雅》："禘，大祭也。"按：大祭合读，正切禘字。

须：《尔雅》："须，蕵芜也。"按蕵芜二字合读，正切须字。

笔：《尔雅·释器》："不律谓之笔。"按：不律合读，正切笔字。

朱：《列子》："杨朱南之沛。"《庄子》："杨子居南之沛。"按子居合读，正切朱字。

聪：《易》传："聪不明也。"《灵枢经》："少阳根于窍阴，结于窗聋。窗聋者，耳中也，古人谓耳为聪。"按：窗聋合读，正切聪字。

鼀：《方言》："鼀鼀，或谓之蠾蝓（烛臾二音）。"按：蠾蝓合读，正切鼀字。

铃：《说文》："铃，令丁也。"按：令丁合读，正切铃字。

鸠：《说文》："鸠，鹘（古忽反）鵃（张流反）也。"按：鹘鵃合读，正切鸠字。

瘗：《说文》："一曰族絫，徐铉以为即左传之瘯蠡。"按：瘯蠡正切瘗字。

纸：《拾遗记》："晋武帝赐张华侧理纸。"按：侧理合读，正切纸字。

潍：《水经注》："晏谟、伏琛云，潍水即扶淇之水也。"扶淇正切潍字。

狮：《广韵》："狻猊，狮也。"按狻猊合读，正切狮字。

乘：《左传》："襄十年，会于柤会，吴子寿梦也。"注："寿梦吴子乘，十二年经书吴子乘卒。"按：寿梦合读，正切乘字。

以上本顾氏《音论》。

虋：《尔雅·释草》："虋蕻，虋冬。"注云"一名满冬。"而《本草》则有麦门冬之名。按麦门合读，正切虋声字。

鸡：《方言》："陈、楚、宋、魏之间，谓鸅𪄀为鸡。"按鸅𪄀合读，正切鸡字。

鹒：《尔雅·释鸟》："鹒,黄楚雀。"而陆机《毛诗草木虫鱼疏》云："黄鸟,黄鸡留也。"按鸡留合读,正切鹒。

蔏：《尔雅·释草》注云："或呼商陆。"按商陆合读,正切蔏字。

㶟：《说文》："㶟,水名,在京北。"杜林《括地志》云："又云石壁谷。"按石壁谷三字之音合读,正切㶟字。

猋：《尔雅·释天》："扶摇谓之猋。"扶摇合读即猋音。

诸如此类者,指不胜屈,试再寻诸经典,又如：

虞：《毛诗》："吁嗟乎邹虞。"《尚书大传》作虞,《尔雅》作倨牙。按倨牙合读,正切虞字。

崒：《毛诗》："渐渐之石,维其崒矣。"《笺》云"崒,崔嵬也。"按崔嵬合读,正切崒字。

雷：《尔雅·释鱼》："(龟),左倪不类。"注不为发声。《周礼·龟人》则曰："西龟曰雷属。"按：不类合读正雷字。

此外如"不来为貍","并荄为籣","勃提为披","头曼为峦","鸿荟为䕢","蓫桑为虆","茅蒐为鞠","者焉为旃","者与为诸","之矣为只","不可为叵","何不为盍","如是为尔","而已为耳","之乎为诸"等实繁。要而言之,皆所以证明单音之为复音,因经此合声阶级,始如尔尔也。彼孔子所讥之二名(见《春秋公羊传》)意者,益即将此长言之为二声者,整齐之使绳为一声一名者欤？故促成此现象者,孔子与有力焉。厥后始皇同文,禁民偶语(考《始皇本纪》,"偶语诗书者,弃市"。校以《高祖本纪》,知"诗"、"书"二字,衍文。按秦禁偶语,意即孔讥二名,语详下卷"秦始皇焚书同文考")。自此以后,学者胥服从之,遂演化成今日之单音言文,后人不揣其本而惟其末,遂妄谓古初亦即单音,譬诸就已缠之足,定原始之形,拘撼不达,亦见其惑矣。

2.自反。此亦吾国复语进为单音之铁证,益即篆籀文采取结绳文拼音一字而残留之遗迹也。

《北齐书》载此事甚悉,兹据顾炎武《音论》转录如左："《北齐书》：济南王立为皇太子,初学反语,于迹字下注云'自反'。侍者未达其故。太子曰:迹字足旁亦,岂非自反耶?"顾氏即用其例,更引申之。广为揎衍,如矢引为矧,女良为娘,目亡为盲,目少为眇,欠金为钦之类。百按:尚不止此,如足兆为跳,木肖为梢,足重为踵,女内为妠,金兑为锐,示申为神,人羊为佯等,试以形声之字书之,厥例实繁。凡此皆所以证明拼音蜕变后之遗迹而残余者也。

3. 一字重音。此则余杭章君发明之者,然而不得其解,乃订为轶出常轨之例,意者,其仍蔽于古初传习之谬见也欤?不悟此真吾国初民言文遗迹,而彼一字一音者,实乃后世所改订者也。兹节录章氏《国故论衡》"一字重音说"如左:

凡一物以二字为名者,或则双声,或则迭韵。若徒以声音比况,即不必别为制字,然古有但制一字,不制二字者,踔躍而行可怪也!若谓《说文》遗漏,则以二字为物名者,皆连属书之,亦不至善忘若此也。然则远溯造字之初,必以一文至兼二音,故不必别作彼字,如:

《说文·虫部》有悉螤。螤,本字也,悉则借音字。何以不兼造悉,则知螤字兼有悉螤二音也。

《说文·人部》有焦僥。僥,本字也,焦则借音字。何以不兼造焦,则知僥字兼有焦僥二音也。

《说文·荐部》有解荐。荐,本字也,解则借音字。何以不兼造解,则知荐字兼有解荐二音也。按:荐字兼有解荐二音,更有确证。《左传》宣十七年"庶有荐乎",杜《解》:"荐,解也。"借荐为解,即荐有解音之证。

《说文·草部》,有牂蘛。蘛,本字也,牂则借音字。何以不兼造牂,则知蘛字兼有牂蘛二音也。

《说文·力部》有黾勉。勉,本字也,黾则借音字。何以不兼造黾,则知勉字兼有黾勉二音也。

《说文·言部》有诘诎。诎,本字也,诘则借音字。何以不兼造诘,则知诎字兼有诘诎二音也。

《说文·竹部》,有箸者。箸,本字也,著则借音字。何认不兼造者,则知箸字兼有箸著二音也。

《说文·辵部》有唐逮。逮,本字也,唐则借音字。何以不兼造唐,则知逮字兼有唐逮二音也

似此例证,《说文》尚多,辑而列之,均足为古代复音遗迹之证。

(原载《实学》第二期,1926年)

北京清华大学研究院国学门发展计划书

原本院成立之旨趣,"冀于世界文化,有所贡献",而谋"尽力国家,服务社会"(语并见《研究院缘起》),愿至宏,义至正也。窃尝谓欧美之学者,早已转移其视线于吾国固有之学术,而从事研几之,理董之,如法巴黎大学设中国学院,英之牛津,美之哈佛等,均有汉学讲座,似此人知钩沈,我仍漠忽,行见落伍遗羞,礼失求野矣!斯研究院国学门之剏置,所为学术文化当务之急也欤?!顾率循旧章,乞符初旨;援木求鱼,未见其济。必也,广树规模,远策宏猷,综天下之典籍,聚古今之重器;礼中外之魁硕,集全球之精英,相与讨论,共为媾妍;探邻索隐,取精用弘,庶几足以谋世界文化之贡献,当学术阐发之重任。钢百蹄涔浅识,肤承末学;宇宙大业,敢言计划,斯编之拟,匪曰有当;意盖荛菲刍议,聊资参证焉耳!兹将管见,陈述于后,匡谬补阙,谨竢贤哲。

本院发展行程,约为两涂:一曰扩张,一曰理董,取径虽殊,并进则一。盖扩张计划,就事务言;而整理步骤,则为学术论也。顾分道扬镳,各有程序;条其节目,更多细则。兹请先言事务之扩张,次再申论学术之理董。

国内号称最高学府之大学以上,更有所谓登峰造极之研究机关。本院虽草具雏形,实居惟一地位。第以剏设伊始,规模仍嫌狭小，发皇光大，尤望媲美欧西，然扩张之术，亦云孔多，条分缕晰请略言之：

一、师资之网罗也。夫小子成章，大匠裁植；迷途知方，南针是尚。故欲问津凌乱混杂之国故，则渊雅精深之师资尚焉。本院导师，如王静庵、梁任公、陈寅恪、赵元任诸先生，固属当代硕彦。然学无常师，集善而从；晋用楚材，古有明征。今西儒如法人伯希和博士、俄人如钢和泰博士、伊凤阁博士等，均应礼聘，担任指导。此外如日人泽材专太郎，今西龙博士，丹麦人如吴克德博士等，亦应聘任，请予通讯。

二、材料之搜集也。欲图整理，非可简陋；必责全备，始言藏事。然而环顾国中图书馆，无一足称完善者，即就本校国学书籍而论，大有供不应求之苦。至若古代器物，则更有寥若晨星之叹，故先务之急，首重征书集古。征书之法，约为五项：

甲，采购。国学中凡属有价值之典籍，如孤本、古本、未刻本、旧刻本、精刻本、旧钞本，自当广为采购。采购之法，除零星收购之外，莫如就旧藏书家之欲出售者商买（闻长沙叶氏观古堂、乌程蒋氏密韵楼均有出售藏书消息）。盖藏书家收藏既富，自多佳本，既省搜罗之烦，复可免于散佚，年来国之宝物，每见散在西人，如不从事保存，行见流衍海外矣！文献失征，可痛也夫！

乙，探访。历代典册，流传固夥，然名亡实存者，亦所在多有。此外古书尚未刊行风世者，如黄宗羲之遗稿，尚藏姚江老屋；王绍兰之《说文集说》，存于萧山胡氏；江有诰之《音学十书》，藏于海宁蒋氏。又若邵晋涵之《南都事略》、陈黄中之《宋史稿》、钱绮之《南明书》，亦闻其稿尚存。凡此之类，均当采访而谋购之。

丙，印钞。如上列之遗稿，暨其他未刻本、精刻本、孤本、古本，而不能购得者，则当向所有处借钞。如《永乐大典》，及敦煌石室所出之各种古书孤本，皕宋楼所藏之足本《黄文献集》、《流沙坠简》等，今并流传欧西，而莫能购之复归者，尤当向巴黎、伦敦各图书馆借钞，或影印。

丁，拨取。本校为发扬国学计，且系国家建立机关之一，则凡公家所有典册，如《四库全书》及各省官书局均得请拨予各若干部。

戊，求赠。由本校登报，征求书籍，请藏书家以副本或别钞本赠予本校，本校答以名誉或他种之报酬。

治研邃古载籍者，必资赖名物制度，盖考其时之名物制度，即可推知该时代社会状况学术思想。彼欧美之治历史学者，胥恃此以为印证。清儒之治名物制度，亦尝恃于古金器，若海宁王静庵师，上虞罗先生则更推及于龟甲，其于文学发明者甚多，而名物制度，因龟甲文以互相启示者尤夥。是则搜求古器物，亦材料之最重者，兹述其搜集之法，别为四项如左：

甲，采购。访于商肆或收藏家之现有器物而购之。

乙，掘取。从发现古物之区域，调查其遗迹而掘取之。

丙，拓影。已发见之古物，如殷墟甲骨、流沙坠简等，其散存欧美日本者，则交涉拓摹或摄影。

丁，求赠。由本校登报征求古器物，请赏鉴家割爱相赠，本校答以名誉或他种之酬报。

三，学术之奖励。昔汉崇辞赋，文采彪炳；唐试诗歌，啥咏隆盛，是知奖掖之功，由来尚矣！晚近自瑞典诺贝尔设悬奖励之后，学术发明，进步益速。本院既以昌明学术为任，故此种鼓励，亦应取则，至进行方略，仍以仿诸诺贝尔为宜，先组织国学著述审察委员会，核定作品，然后斟酌情形，分别奖励，兹分述如左：

1. 酬给现金
2. 赠予学位

凡属国学著述，无论院内外中西人士，英文汉著，自愿交付审察者，均由本院承收审察，其成绩卓越者，即赠以膏火资斧，或名誉学位。至该审察会之委员，应以蜚声世界之著名组织之，则庶乎龙门增价，攀登踊跃矣。

四，英材之广集。学术之理董，既有赖于研究；而昌明之责任，尤贵

广罗英哲。研究基础,集贤尚矣,顾人数增加,容纳匪易,下驷滥竽,遗讥士林,兹为审慎计,拟定方略如左:

1. 课余研究生。本校国学教授暨京内各校教授,愿随时入院研究者属之。

2. 通函研究生。海内外积学生之士,愿通函研究讨论者属。

以上所陈,皆事务方面之求发展者也,兹为读者清晰计,更为简表如左:

1. 网罗师资。礼聘中西硕彦,1）添聘导师　2）设通信员

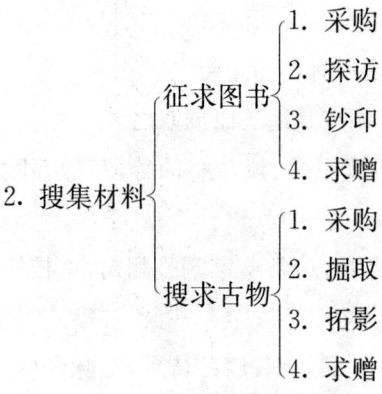

3. 奖励学术。组织国学著述委员会,1）酬给现金,2）赠予学位。

4. 广集英财。增加研究人数,1）设课余研究部,2）设通函研究部。

事务发展,略如上述,学术理董,申论如次:

一、甄别定本,印行丛刊。明编丛刊,嘉惠士林;惟短书伪籍,率多充斥耳。有清所辑,精审较胜,然自今视之,缺点仍多。时至今日,亟宜遴选古籍名著,编为定本丛刊,使研究者,易识涂径;收藏者,得所视赏。其所取材,经类如朱彝尊《经义考》、皮锡瑞《经学历史》、廖平《今古学考》、王引之《经义述闻》、《十三经注疏》、阮元《十三经校勘记》、孙星衍《周易集解》、阎若璩《古文尚书疏证》、方玉润《诗经原始》、孙诒让《周礼正义》、凌廷湛《礼经释例》、刘文淇《左传旧书考证》、刘逢禄《公羊何氏释例》、廖平《穀梁古义疏》、刘宝楠《论语正

义》、焦循《孟子正义》(经学丛刊)。史类如廿四史、十一朝纪事本末、王先谦《汉书补注》、惠栋《后汉书补注》、刘知几《史通》、郑渔仲《通志》、章实斋《文史通义》、赵翼《二十二史札记》、王鸣盛《十七史商榷》、钱大昕《二十二史考异》(史学丛刊)。子类如孙诒让《墨子间诂》、郭庆藩《庄子集释》、王先谦《荀子集解》、杨树达《老子古义》、刘文典《淮南鸿烈集解》、苏舆《春秋繁露义证》(诸子丛刊)。此外文学丛刊如《李翰林集》、《杜工部集》、《西厢记》、《琵琶记》、《红楼梦》、《水浒传》。辨伪丛刊如崔述《考信录》、姚际恒《古今伪书考》、康有为《新学伪经考》。他如小学丛刊、地理丛刊、音韵丛刊等，亦均精选名著，甄别校勘，刊为足本，期垂久远。似此既省糜费，又利研究，斯亦艺林不朽盛事，岂坊间《四部丛刊》之流所可同日语哉？！（该书真伪淆杂，良窳互陈，除有数善本书外，直毫无价值也。）

　　二、考编旧著，特纂新书。旧著舛谬，别为考编，并世哲彦，所见均同，此《诗谱》一书，梁任公师所为倡言改订也。且征之往事，则先后贤哲，久已从事此类功作矣。如晋书浮艳失实，周保绪遂有《晋略》之著；《元史》舛讹特甚，柯凤荪藉故有《新元史》、《蒙兀儿史》之作。至若《宋史》繁冗，直类簿记，《明史》失伦，诸背史体，此外黄宗羲《宋元学案》、江藩《汉学师承记》等书，缺点亦多，是则均尚有待于改编修订者也。

　　文明古国，史最可宝，而吾华立国，已四千年，其文化关系，綦为重要，加以典册繁富，世莫与京，盱溯远初，颇资参证。顾古无专史，纪载弗详，散见群籍，殊嫌凌乱，自应仿陆游、马令《南唐史》，谢启昆《西魏书》、刘应鳞《南汉书》之例，特纂周史、秦史、太古史等新书也。

　　三、编译海外国学著述。广搜海外各国著名东方学者如珂罗伦(Bernhard kargren)、钢和泰(Barn A. uon Stab Hols ein)、伊凤阁(A. iiuanov)等之著述，凡研究中国学术有价值者，均分类编译之，成为专书，其散篇文字见于各杂志者，则师徐氏《海东金石录》、贺氏《继世文编》之例，辑为《海外国学文编》。此在清华情形，颇属轻而易举。外如日人汉学著述，有功国学亦夥，就而译之，尤非浅尠。

四、续辑四库全书提要。自清代乾隆壬寅岁纪昀、陆锡熊等，奉敕编纂之《四库全书提要》告竣后，迄今又百四十余年矣。嗣后名儒学者相继辈出，如钱竹汀、戴东原、崔东壁、章实斋、段玉裁、朱骏声、刘逢禄、魏默深，以及仪征阮氏、高邮王氏、瑞安孙氏、德清俞氏、定海黄氏、井研廖氏、余杭章氏、海宁王氏、新会梁氏、上虞罗氏、南海康氏，著述宏富，超越往古。且收藏翻刻，寝成风气；丛书辑校，视明远胜。举其著者，如《平津馆》、《粤雅堂》、《拜经楼》、《守山阁》、《士礼居》、《抱经堂》、《海山仙馆》、《知不足斋》等丛书，其所搜集为外间所不习见者，十居五六。近数十年，刻书之风仍炽，如《雷堂群籍》、《广仓学堂》、《学海堂》、《晨风阁》、《广雅丛书》、《湖北丛书》、《几辅丛书》，卷帙浩繁，巨制亦多。他如莫高零帛、殷墟遗文、流沙坠简、西籍汉译、古书层出，更胜于前。故续编四库全书，实为不可缓之事，而仿纪氏《提要》、陈氏《解题》，昭示青年门径，尤为急务之急也。

五、编撰辞典类书。古籍凌乱，参证匪易，索引整理，最便检寻，例如廿四史之人名，往昔艰于稽考，若手《史姓韵编》一书，则查阅不难矣。清儒阮元之《经籍纂诂》，即善应用此理以嘉惠士林者也，仿此例推，暂拟应造之辞类如左：

1.《国学大辞典》

2.《文学大辞典》

3.《中国人名辞典》

4.《中国地名辞典》

5.《中国生物辞典》

6.《中国哲学辞典》

……

六、著述各种专史。吾国典籍，浩博繁重；吾族历史，源远流长。过去文化，可贵实多；披沙拣金，往往见宝。本时代之眼光，衡古昔之思想，贯以学术，造为专，区分类别，略如左方：

1.《中国政治史》
2.《中国民族史》
3.《中国美术史》
4.《中国农业史》
5.《中国商业史》
6.《中国风俗史》
7.《中国体育史》
8.《中国法制史》
9.《中国戏曲史》
10.《中国小说史》
11.《中国音乐史》
12.《中国佛学史》
13.《中国宗教史》
14.《中国学史》
15.《中国文学史》
16.《中国伦理学史》
17.《中国心理学史》
18.《中国教育学史》
19.《中国工艺史》
20.《中国论理学史》
21.《中国语言文字史》
22.《中国国际交通史》
23.《中国自然科学史》
24.《中国医学史》
25.《中国经济史》

右论理董学术,略如上方,惟文嫌冗赘,兹更总束如次:

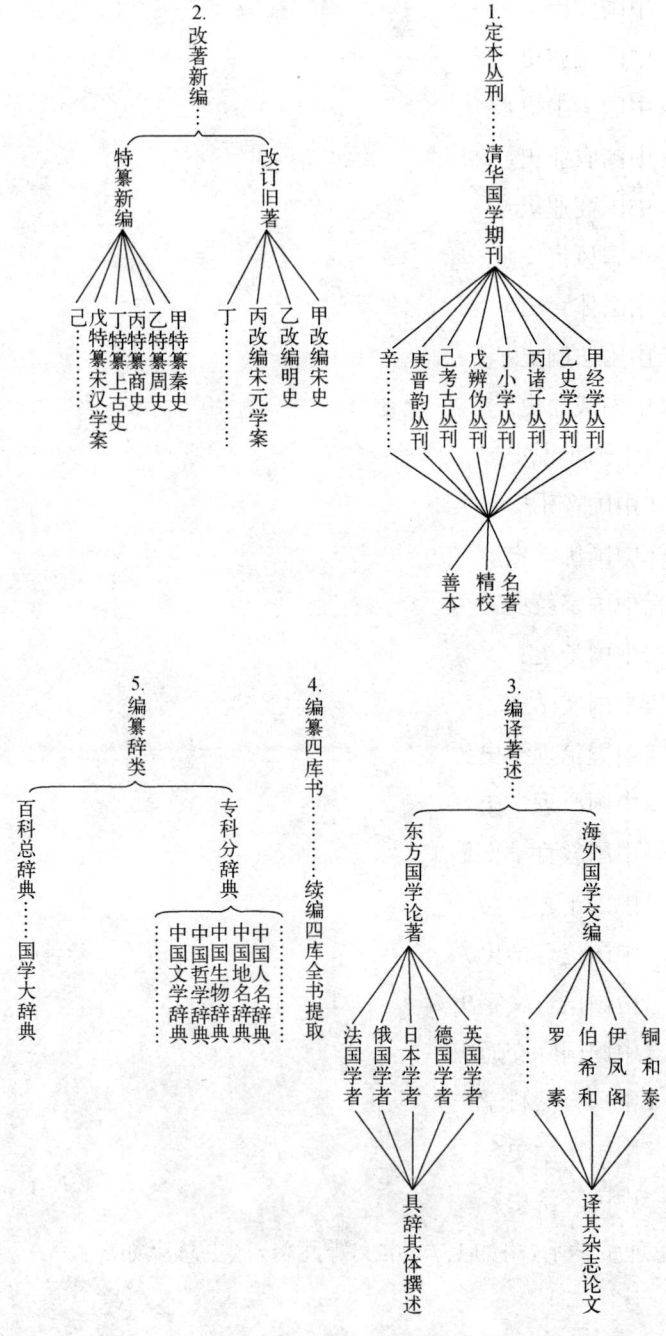

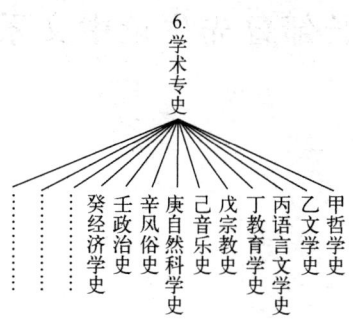

  此文因付印匆促,仓猝脱稿,其中颇有数点,尚觉应予申明者。如定本丛刊之条,笔逯心仍不洽,盖宝杂康弧而弃多周鼎耳。所举略例,原示发凡。他日果为甄选,容再严为详论也。又理董方案,意亦未尽,如校勘、结集、摘要、标点等项,均未涉及,挂漏之讥,诸希阅者谅之。钢百附识。

    (原载《清华周刊十五周年纪念增刊》,1926年)

与中山大学校长邹鲁先生论中文系(？)改革意见书

按：此函系草于二十一年夏六月，迄今已年余矣，虽学校稍有变化，然根本仍未改造。环顾各校，仍多同病，盱衡时局，尤觉急需。盖文化复兴，已成普遍之要求，而文化建设更宜集多士研究与协作也。兹篇所论，虽针对某君课程表而发，然于文化引端，不无一得之愚用。敢公诸教界，详为讨论，非敢谓管见即是，不过抛砖引玉，冀于学术前途，有所改进耳。至函中论及治经一事，亦与旧社会一般遗老所提倡之读经救国殊科，既非提倡封建道德，亦非恢复其宗法社会，盖纯从客观学术史料立场，以研究古代文献，探寻古人思想而已，尤非劝告国内中小学强其必修，特献议于最高学府之大学者，似觉凡欲认识我国先民之文化，则势必应有专门研攻之科目。良以求正确理解现代社会之一切演化，则必然先求理解渊源于古代社会种种之因素也。著者识，民国二十三年二月十四日。

昨奉掷下本校文学院课程一册，嘱为考量内容分别签复，具征虚怀纳善，不遗葑菲。至谓陈述抱持宏识，贡献施教经验云云，既愧浅识，曷敢妄议。惟先生谦冲，既已昭示集思广益，则下走不才，亦应各本蒭荛以进。兹谨就文院内中文系局部学程一商榷之，惟先生谅察焉。

（一）学系名称之应考虑也。案中国文科学制，夙无定制。初法倭邻，徒具形式；继师美邦，亦谨皮毛。近又东掇西拾，各具麟爪，步武浡乱，更无一贯精神矣。请就文科局部言之，语其科条，则已数数易矣。彼初分学门（如曰经学门、史学门、哲学、文学门，见光绪二十七年张百熙《奏定章程》），继分学部（如曰国文部、史地部、见民二教育部部令），继又分学系（如曰国学系、国文系、文学系、语文学系，见各校章程），其名称既屡变，故课程亦迭易，然因无中心思想具体才针之故，虽花样已数度翻新，而成绩仍甚微末也。盖此种制度改革，未集学人讨核，大都一二留学髦士倡之于前，而国内趋奇时彦即奉行于后。故详查吾国高商等教育，凡各地所设大学，其名称课程，则皆校自为政，无一标准。如北平北京大学、南京中央大学固尝名"中国文学系"矣，则皆有其专经研究焉，校勘、目录等文献学焉，比观本草案所定细目，所谓先秦文也，八代文也，唐宋文也，专家文也，彼等固未尝一一毛列讲座。又如上海持志、大夏等校，则又名所谓"国学系"焉，考其程课，则有经、子、词章焉，有文学名著焉，彼固仅具名文选读一科，究未尝麻举朝代文学分类讲座，巧立特别科目焉。他如燕京大学、成都大学则名"国文学系"焉，武昌大学、北平师大则又名"国文系"焉，其名称虽略同，其科目仍各异。至以纯绳文学研究标榜，而麻列细目者，则似始自十七年后之中国公学"中国文学系"，而暨南"文学系"和之也。本校初亦名"中国文学系"，其科目包含亦甚广博，如群经也、校勘也、目录也，亦尝兼容并包。民国十七年后，本校当局似闻采用某先生之主张，改订为"中国语言文学系"，于是凡不在此名义内所包含者，如群经、诸子诸文献，胥逐出学宫之外，不与同中国矣。海上暨南当局，自西徂东，大可哗世取宠也，因亦改订此名，此"中国语言文学系"之由来也。

窃观此次新订课程，颇能圆成接收纯粹先进欧化、消灭固有弱国学术之主张，语其一贯精神，固较前此之广博无统者，似觉进步，然核其抑扬畸重之弊，则中国学术不为无发扬进步之势，且驱学子而入简易苟且之途，致沦废中国重要学术资料于不顾，则期期颇以为未可，请略言之。吾国自甲午庚子以还，一变其夸大妄尊之心，忽又自视生番，等同化外。不惟自国文化，不相信赖，凡学术研究，亦摧毁鄙弃之不遗余力，即就经籍一项，已可概见。查吾国典籍收藏，以四库为最多，而四库中之甲部，以经为首要,此而废置不讲,则中国可资者研究谁乎?考中国学术史上,其支配人心最久,影响民族意识最深者,谁乎?试执涂人而询之,佥无不以经籍对,此而不重新考核,深切了解,则所谓中国思想、中国文化者安在?夫经籍自孔门传授两汉,蔚为学坛重镇,而后二千余年之圣哲贤豪,其脑力心思,无不荟萃于斯,虽魏晋玄学、宋明理学别因佛老思潮而特放异彩,然详核玄学诸子、理学各家之渊源,旧亦服膺经籍而来(如三玄列《易》、宋明解经可证)。故就撢究经籍之线索而论,则数千年固一系相承也。此而不特立系统研究,则别求一与此历史相等者谁乎?尝谓今世学术昌明,吾国因受西学影响而别辟蹊径者,大有涂在,谨举一二经以证。如《诗》本歌谣,固为文艺欣赏,然因时空而推考史地,则由《毛诗》而生之史地学,大可据何楷《诗经世本古义》、王应麟《诗地理考》诸书而重加审核;其主多识鸟兽草木之名者大可据陆玑《毛诗草木鸟兽虫鱼疏》、毛晋《毛诗陆疏广要》、许谦《诗集传名物钞》、冯应京《六家诗名物疏》诸书,而为古生物学者采数据焉。其他如古文法之研究,古声韵之研究,则前贤著作已多,亦例应于此时品迭,结束一总帐。故居今日而治《诗经》,应诏学子立定研究方针,而为多方面之探讨,查该草案学程 93 号"专书研究",虽附注内开列《诗经》,与《文选》、《花间集》、《元典选》等同类,固亦仅备文艺欣赏之意耳,盖未尝立此大规模之目标也。又如《春秋》一书,该草案尝列之史学系 29 号"中国专史研究"中之附注内矣,彼主史立言,固以为可,然循名资实,亦觉欠安。盖《春秋传》,资料最富,为经为史,尚待论证,固不能贸然确定为客观史料也,即近日疑古最勇之钱玄同先生,斥《春秋》为上古简陋史之顾颉刚先生,刻因地下史料之参互推证,已不能不取消其史的主张,而承认《春秋》为孔门托古改制之思想产物矣(见《北平师大国文学会刊》)。然则《春秋》之为经为史,固有待于专家之审核而后定,似未可漫然强定属某科也。故就《春秋》而分析其内容,颇觉繁复待考,如采用分科探究,则可为四项研几。(一)从《左》、《公》、《谷》三传书法释例,以求褒贬之原则,而与欧西法律、哲学比较研究之,则中国法律思想原理,得其大较矣。(二)从孔氏托古改制之传说,以求其理想寄托,则儒家政治哲学得其真象矣。(三)从春秋列国会盟以考当时封建国家之形式,而以今日国际法范论之,亦可得中国古代国际法思想渊源焉。(四)据春秋书法用字之谨严,再由《公》、《谷》释辞以考其文法,则所谓古代文法之研究,此又其新涂辙矣。凡此理董方式,皆今日治经籍者所应有事,奚能随意捐弃而不设科研究耶?以上特举《诗》与《春秋》二经详论者,因该草案中,并未定立课程名目,仅于附注中见及,因其重文轻学太甚,故不觉言之辞费耳,至若《易》与三《礼》,则遍查该草案竟无存在余地,即附注中亦不见其名目,以言古代文物,则损失也为何如?不知此中含蕴,尤多实藏,惜无人有科学条理之头脑,为之阐述耳,按其研治涂径,亦有多种,或由巫史以考原始宗教,或由民族以考原人习姓,或为哲理之撢讨,或为社会之考核,其亟待攻究者尤宏,凡此皆有待于特立专科以招致学人共策群力者也。然而本校系名,因限于语言文学二者之界域,彼遂振振有辞,谓不摈诸系外。(该拟草案者挟其师法欧化之皮毛式的一贯主张,故不能不销灭固有文化之稍涉异名者以为快,然而学术亡矣。)故容经籍于语言系内,则诋其厖杂不论,去经籍而徒列诗文选本,固可名实相符,然每日每科皆选文上堂宣讲,又觉简易太甚,如23至27五种文章选本,31至37种诗选本,41至45三种赋选本,51至55五种词选本,又二种曲选本。除此之外又于95专书研究中第三年级时,备列《诗经》、《昭明文选》、《乐府诗集》、《花间集》、《太平乐府》、《元曲选》等书研究,且摈重要学术不讲,而日日讲读文章,其与前清专重八比时文何异?则学术乌得不衰,学子乌得不简陋哉!故学系名称不重订,则诸多扞格而不通。鄙意可否于"语言文学系"上添注"国故"或"文献"二字,以便容纳其他中国学术科目,如惧其学术繁复、学子不胜其任也,则再于系中分为三组研究以期专精(分组理论详后),此则不佞提请考虑学系名称之管见也。至应否修正增订,仍请钧座裁焉。

(二)课程名目之宜增并也。查该草案所列文章讲授科目,如23散文名著选、24先秦文、25八代文、26唐宋文、27专家文等,共计十八学分。其选文之多,在全国各大学中,固属巨擘,然文不蔚学,虽讲文万篇,仍无益也。且即以治文而论，重古代而忽近代，则又乌知现代文学之渊源耶？该草案不列元明清三代文学研究，鄙意亦不敢赞同。故就其宣讲生式之重文而论，既嫌其太多，如就其指定研究之范围而论，又觉其太狭。窃查该拟草案者之心理，益亦耳食新旧两说而不知折衷之故，仅闻文宜尊古，而不瞭治古，故选文迄唐宋而止耳，此即可证其不知史的发展。仅闻绳文学为诗歌、小说、戏曲、散文等，而不知尚有其民族文化之探讨在。故只知照钞移植而不知文化的历史遗传，与民族的意识形态，治文学者亦应同等研究也。兹姑就其绳文艺标准，重拟课程如次：

讲读之部：文学概论、艺术论、文学史、古代名文选读（由先秦迄汉魏）、中古名文选读（由六朝迄唐代）、近古名文选读（由唐宋迄明清）

研究之部：先秦文、汉魏文、六朝文、唐代文、宋代文、元明文、清代文、专家文

讲读之部：诗歌概论、诗史、古体诗歌（古诗歌谣及八代）、近体诗歌（唐宋）、近古诗歌（元明清三代）、专家诗研究示例、断代诗研究示例

研究之部：古诗及歌谣、汉魏乐府、六朝诗、唐诗、宋诗、近代诗、专家诗（该草案特重文章诗歌，故针对举例说明鄙意。小说、戏剧尤重，容缓再专论之）。

以上不过举例说明耳，其余如小说也、词曲也、戏剧也，亦应双轨进行，分讲读与研究二部（因恐辞繁故未细列），鄙意必如是分别指导，然后技术与理论，创作与批评，始能各方顾全，卓著成绩也。

（三）分组研究之应规划也。查吾国各地大学，虽曰最高教育，而核其内容仍类似高级中学之普通科耳（理工较少此弊）。穷其因由，大都科目浮泛而繁复，选习简易而敷衍，盖学程之基础课目，既间略而严，则研究之区分门类，自应有而实无，故主系辅系，虽有明文规定，然选甲读乙仍成习惯恶例。此历年各大学之通蔽，固不独本校为然也。良以学航无定向，故学者亦乏婧精耳，沿习贻误，历年已多，知而不改，宁言掌教精研究，自应专考，若夫往哲故书，民族孳乳，了解文化，此尤切要，故文献董理，亦为当务之急，是以综其科别，似应区分三组探索：

一曰文献研究组。按此组原以整理旧籍、瀹发新知为宗。是以基本科学,特重实用,故目录学也、校勘学也、文字学也、文法学也、声韵学也……均为第一年所必修。而群经诸子之综合概述,则应提纲讲授,以导其径,至第二学年时,则一面于修习他系专科时,指节遴选一类似而可相通之旧籍,以作局部之问题研究,夫如是,则庶可言导以入研究之门,而企其心得焉。至如工作概况,大别之略为四项,一曰"综",郛聚众说,都为一编,如王先谦《荀子集解》(按此书又可增补)、孙仲容《墨子闲诂》(此书已有三家增补)之类工作是也。一曰"考",缕析审核区其时空,如《禹贡三江考》(程瑶田)、《周官禄田考》(沈彤)、《明堂庙寝通考》(海宁王氏著)之类工作是也。一曰"较",根据专科,详为推证,如《民俗与三礼》(假定)、《诗书与古代社会》(假定)之类工作是也。一曰"阐",或引申前方而别创新理,或折衷众说而衡以己见,如康氏《礼运》之与《大同书》,阳明与禅之类是也。按此组学生,除本系修习外,其他各院学生,均可自由转入,或为个人论文之准备,或为集体共业之整理,总以自科条例,重新认识,阐民族文化之原,列世界学术之林为宗旨。

二曰文学研究组(已详前节兹不赘述)。

三曰语言研究组。其基础科学如"国语及各种音标"、"中国文字学"、"说文研究"、"言语学"、"语音学"、"方言学"、"中国古代文法"、"修辞学"等均为第一、二年必修科目。而三、四年专门课程,则"甲骨铜器文字研究"也、"原始中国语研究"也、"中古语音史研究"、"古韵书研究"(如《广韵》研究)、"古方言"、"近代方言"、"比较语音学"、"比较文法学"、"比较语源学"等是也。至其选修课程,凡欲由古文字以寻求古史真象制上古史也、民俗学也、神话学也、社会学也,均应指定选读。

以上所陈三事,如学系名称问题、课程增并问题、分组研究问题,均目前整顿文科急应注意者,因承下问,用敢一吐概略,若夫具体方案,则应集校内外学者公开讨核论定为祷。

(原载《教授与作家》第一卷第二期,1934年)

检讨国内大学中文系（？）之"名称""课程"及其组织

近年文法两科，为世诟病。故主校政者，既有停办该两科之意（二十一年春邹鲁先生，初任广州中大校长时，双方亦曾为文激辩，见广州《民国日报》三四月副刊）。而今之秉教政者，又发实行限制文法科招生之命。此在教育原理与事实之研究固属不当，然如文科本身亦自有亦缺点，斯亦不可为讳者也。兹篇所检讨者虽为文科中文系之局部问题，顾经此度解剖后之诊断书，尤足为健身运动者之处方先导。讳疾忌医，明达所戒，右文之士，当亦乐乎有此也。著者识。

居今国难时而论中国大学教育，似非当务之急。论大学教育而斤斤于文科局部之学程问题，又似觉所言者甚小，虽然，此根本义也。盖此问题不解决，举凡民族自决也，文化复兴也，学术建立也等，胥无由彻底了解。进而以言系统研究，暨一切改造行动，是则其关系之重要与需用之迫切，又岂短视者所见及哉？然返观年来高等教育之"混乱"、"敷演"，其成绩卓著昭昭在人耳目，固已为国人所熟视不睹，自无需区区之誉扬矣。实则彼此心照，揭发无人，故自表面观察，未尝不"巍巍学宫"、"济济多士"的似"研究高深学术"、"培植专门人材"也者。顾细考其内容，则校自为政，名实各异，直等无政府状态，兹姑就国内大学文学院之设有中文系者一考核之，则深感有提出讨论之必要，谨分三项论列如左：（A）学系名称之无目标。历稽中国学校制度,自昔即无一定准则。今日模拟甲国,明日复仿效乙国,故对于科系学程也,当局亦随时随人主张,而法令纷更漫无目标的。是以自时间演变之历史以观,自亦有若进步现象;再从空间各地之学风而考,亦似呈献革新气概。然如核其实效,则殊难置答,固不仅为世诟病而已,其本身办理之不善,似乎应引咎自劾!溯自逊清末叶荆立京师大学堂时,张百熙于光绪二十七年,曾上一《奏定章程》,分文科为若干门,即所谓经学门、史学门、哲学门、文学门等是也。嗣辛亥革命,改建民国,百政维新,因之又定章程,即民国二年教部部令所颁,分文科为国文部、史地部等是也。迨至民十以后,教界革新之潮又盛。于是所谓学系也者,学程也者,又随一般留学髦士之提倡,与一般趋奇时彦之奉行,遂又纷纷更张,各行其政。迄时国民党执政,政权虽已告统一,然而教育制度、学程标准,仍似残存许多不划一之规程。即就全国公私立大学中文系之一小部考察,除杭州浙江大学、长沙湖南大学、苏州东吴大学、天津南开大学等数校,仅有英文系,根本无中文系,可置不论外。其已设立中文系之二十大学归纳审核,竟有如下列之纷歧。谨制表如左:

校名	系名
清华大学	中国文学系
北京大学	同前
中央大学	同前
武汉大学	同前
复旦大学	同前
山东大学	同前
东北大学	同前
四川大学	同前
中山大学	中国语言文学系
暨南大学	中国语文学系
沪江大学	中国语文学系
北平大学	国学研究所
齐鲁大学	国学研究所
清华大学	国学研究院
北平师范大学	国文系

续 表

燕京大学	国文学
河南大学	国文学系
金陵大学	国文系系
之江大学	国文学系
光华大学	国文学系
持志大学	国学系
大夏大学	国学系
齐鲁大学	国学系

故据以上不统一之学系而论,似觉主持教育行政者,应有一标准规定之必要。良以原名之应审定,实与课程编制内容大有关系,请略言之。彼标立文学系名者,每偏重纯文艺体制之宣讲二科目,而忽略固有文化之认识与探讨。其标语言文学者,则又以科专课杂,强欲兼综,其势固仅能各涉其藩,自未能一窥堂奥。至若"国文系"、"国学系"之名,则其包容也更广,维名义较为周延,但分析仍苦儱侗。故循名而欲责其实,以上四者,均觉未安,斯固现代学术科别所应综核,而亦世界学林所应探讨者。诚以悬的既泛,趋舍自难,贻害人文,当匪浅尠,盖直接为培植专门人材之损失,间接为国家社会需要之缺陷,绝不容轻视忽略也。(B)课程编订之无统系也。查中国公私立大学,不下数十,文学院之开设中文系者,亦二十余校,而核其学系名称,既已校自为政,则其对于课程也,自亦各不相谋。故同一中国文学系也,北京大学之科目,不同于南京中央大学之科目;同一中国语言文学系也,上海暨南大学之学程,亦有异于广州中山大学之学程;即同设于上海一地之大学,如持志、大夏,其所定系名,既同为国学系矣,然而进考所定课程,仍多不一致。故徧察国内所设中文系之数十校,其课程一览之异同者,亦几达数十一种。兹为节省篇幅计,远地诸校,暂置不论,仅就首都号称最高学府,而设备最周、规模最大之南京国立中央大学,其人材号称济济,经费亦为最多之中大中文系一考核焉。原该校之主持者,为汪东旭初君,则凡设学分科事,自出汪东先

生之长材硕划矣。请讨核之如次：

（甲）目的之讨论。该系汪君所昭示吾人者曰：本系之设，其目的在养成：（一）以文学声韵训诂为研究一切国学之根柢；（二）欣赏高等文学之能力；（三）阅读古书之能力。按汪君所列三种目的均欠妥，盖第一目的不通，第二、第三目的不够，请申论之。欲明第一目的之不通，请先说明"文学"与"一切国学"之界域及根柢。二字之解释，考"文学"一名之定义，虽中西学者，人各异解，然归纳言之，不出三派：

（1）"广义派"，即谓文学为著述之总称也。如近儒章太炎先生谓"以有文字著于竹帛者，谓之文，论其法式，谓之文学"。彼据此以区分，因析为"有句读文"、"无句读文"二大类，故"表谱"、"算草"……诸物亦纳入文学中。英国文学批评家安诺得（Thomog Arnold）之释文学也，其义略与章氏同。凡一切缮写或印刷之书籍，均被以文学之名，即欧克里之《几何原本》、牛顿之《学理之原》亦摄入文学中，其广泛有如此者。

（2）"狭义派"，即谓文学为美艺之学术也。清儒如阮伯元主："必沈思翰藻，始名之为文"，而英哲黑胥黎（Hurey）亦谓"文学是一种美丽的文字"，其谨严有如此者。

（3）"人生的艺术派"，即陈受颐先生所谓人生之表现与反映。以感情为经、以想象思想形式为纬之独立学科也。西哲 Hunt 亦曰："文学是写下来底思想底表现，有感情，有风格，能使普通人类的心理，觉得明了，感着有趣。"即中大现任校长罗志希先生，在昔亦尝下此同类定义，其言曰："文学是人生之表现或批评，从最好的思想里写下来的。有想象、有感情、有体裁、有合作艺术的组织，集此众长，使人类心理都觉得他是极明了极有趣的东西。"（见罗著《什么是文学》一文）

故据上三派之文学解释，无论第一派之广泛无限（文学几与国学相等），第二派之谨严有制（文学又艺术之小部），第三派之独立专科（文学自有其永久特殊性），要之文学一门，绝不能与声韵、训诂同为一切国学之根柢。须知"一切国学"内包甚广，上自六艺诸子、教哲政典、玄理名物等文献，下至堪舆星相、占卜历数、国医国技等方术，皆世人所谓"一切国学"也。其目既多,其学实繁,吾不知此庞博无涯之"一切国学",汪东先生将如何导其生徒以文学、声韵、训诂为其根柢耶?此不通者一。又须知声韵、训诂,在昔朴学家固以此为阅读古书之工具,所谓工具者,仅治学应用之敲门砖耳,岂能与核心种子之根柢相等。夫所谓根柢者,由此而潜滋暗长,由此而发芽结果之现象是也。吾不知以文学、声韵、训诂三种子,将何以发芽结果而为"一切国学"之根柢耶?真匪夷所思者矣!此不通者二。又须知文学既与声韵训诂同为"一切国学"之根柢,则汪东先生固已视文学为治"一切国学"之工具,而非独立专科矣。准此推论,则中央大学之中国文学系,不过为"一切国学"之预备班耳,岂足以言最高学府?总之,此种目的,荒谬已极。不知基于何种理论,出于何类书籍,尚希高明之汪东先生有以见告也,评第一目的之不通意。

欲明第二目的之不够,请先注意其遣词用句之完善与否?彼悬的曰"在养成欣赏高等文学之能力",此其为病,似粗知文学者亦觉窳陋不足。不知文学除欣赏外,尚有应努力之其他事否?如曰无耶,则辞穷,如曰有耶,则第二目的之不够,固昭然事实矣。夫文学之设立学系,愚意除欣赏外,尚有两端:一曰"创造"、一曰"批判"。窃所谓"创造"者,其事岂易言哉?必也体验社会,证之身心,或为小己之写照,或者大我之反映,故其为杰作也,或为时代之素描,或为人生之指导。吾国先民,若《诗》、《骚》之作者,李、杜之名篇,词中如苏、辛,曲中如关、马,西人若哥德、若佐拉、若莎士比亚、若托尔斯泰、若易卜生、若普希金,以及近代之高尔基、萧伯纳等类皆戛戛独造,流光千古,是则凡当前之所以储学穷思,皆以为此,语其成效,必使时代与社会咸被影响,此难悬于个人之努力,然司教育者固不能不持此以为鹄的。非然者,则徒饾饤章句,拾人牙慧,人自发其心声,我仅强为诵数,譬之流水洋溢以入大戈壁。顿焉枯竭隐亏,更不复出,既同渴泽,转失灌溉之效,久不自见,终与无有相并,则大学教育中,又何贵设此中国文学系乎?至若"批判"之事,亦所以料简过去之文史成绩,缘枝振条,探幽发蕴,上以揭民族之光,下将为后来者鉴,故其所为事则如字句之枇比,篇章之校释,剖析源流,穷究衍变之迹,权衡得失,更作论斠之举。其义自非出于欣赏也。彼"欣赏"云者,手一卷书,能通其读而已。斯固中等学程之所企,非所语于堂堂之大学。至汪君所谓"高等文学"一词,就使人滋生疑窦。夫所谓高等文学云者,将指周诰殷盘以古奥而高者乎? 抑庙堂讲习别于民间草野者乎? 不知高等与非高等之界域,究将缘何而定? 而于所谓非高等者,不知亦将肄习否耶? 不知时有古今,体有迁变,凡当时所谓高文典册者,未必即为时代所重,如诗余之词,词余之曲,此固旧日文人所薄为末枝者,今胡为亦敷教大学,列之文坛重镇耶? 固知林隈流传,亦应与辟雍讲授者等视,苟不观其通,而墨守一管,仍以入主出奴之见,凌驾其间,则即所谓欣赏者,就有一曲之弊矣。故彼所谓"欣赏"也,高等也,不惟悬的不够,且觉于理欠通。评第二目的竟。

欲明第三目的之不妥,请再细译其原文即可知其肤浅矣。彼申述其希冀曰在养成阅读古书之能力,按此条之病,亦与前两者同,盖泛言阅读古书,既虑繁衍无当,祇培阅读能力,又觉造诣太浅。且第二项既云"高等文学",而三项又继以"古书",第二项既云"欣赏",而三项又重言"阅读",其暮四朝三,众狙哀怒之态,复演今日,似此不嫌语赘,辞繁不杀,凡所以为裁成后生,蔚为国华者,固亦至矣。而不知由斯之道以行之,其上等者,不过故纸堆中,多一群书虫;下焉者,竟使学人操持工具及门而遂心也。于是嚣嚣然终以能力自诩,不复再思求进,律以法上得中之例,或有并欣赏阅读亦不可能者,期则大失败矣。原夫立国兴学之旨,既负启迪文化之任,而详省外邦大学教育,尤重极深媷研之功。故论成均教士之法,不惟当培养其研几之能力,且应诱启其研几之兴趣,更进而导以研几之行动。是故无论个人之"问题研究"也,集体之"共业理董"也,要应促其兴奋,力为创述,阐民族文化之原,列世界学术之林,洋溢中国,徧及寰宇,而观其成效等。盖所谓全国最高学府者,固不得不如此也。故曰养成阅读古书之能力,不惟非国人所希冀于大学之成绩,且亦深负立国兴学之本恉矣。评第三目的竟。

(乙)学程之研究。该系条析分明,不厌求详。如既有"学程一览表"

以示总目,又有"学程分类表"以科类例,其恐人不知先后也。又有"学程配置"以诏轻重,其恐人不明堂奥也。更为"学程说明"以召内容(均见中央大学一览第二种文学院概况)。观其详瞻周密,的似煞费苦心,然而寻名责实,细加综核,则荒谬百出,不可究诘,再分论之如次:

1. 学程总表之简陋与重复也。为求阅者明了计,谨先录原表以资参证:

中央大学中国文学系学程一览表

号数	学程名	教授时数	上学期		下学期		总计学分	备注
			时数	学分	时数	学分		
一	各体文选	一年	五	三	五	三	六	一年级必修
二	国学概论	一年	三	二	三	二	四	同上
三	文学史纲要	一年	三	二	三	二	四	二三年级必修
四	文学研究法	一年	三	二	三	二	四	一二年级必修
五	文字学	一年	三	二五	三	二五	五	一年级必修
六	目录学	一年	三	二	三	二	四	一二年级必修
七	修辞学	一年	三	二	三	二	四	二年级必修
八	高级作文	一年	三	二	三	二	四	四年级必修(以上第一类)
九	经学通论	一年	三	二	三	二	四	选修(三四年级)
十	声韵学	一年	三	二五	三	二五	五	二三年级选修
十一	训诂学	半年	三	二			二	三年级选修
十二	文艺评论	一年	三	二	三	二	四	三年级选修
十三	诗歌史	一年	三	二	三	二	四	三年级选修
十四	诗名著选	一年	三	二	三	二	四	二三年级选修
十五	汉魏诗	半年	三	二			二	选修
十六	六朝诗	半年	三	二			二	选修
十七	唐诗	半年	三	二			二	选修
十八	乐府诗	半年	三	二			二	选修

续 表

号数	学程名	教授时数	上学期		下学期		总计学分	备注
			时数	学分	时数	学分		
十九	宋诗	半年	三	二			二	选修
二十	秦汉文	半年	三	二			二	选修
二一	六朝文	半年	三	二			二	选修
二二	唐宋文	半年	三	二			二	选修
二三	辞赋选	半年	三	二			二	选修
二四	骈体文	一年	三	二	三	二	四	选修
二五	词曲史	一年	三	二	三	二	四	选修
二六	词学通论	半年	三	二			二	一二三年级选修
二七	唐宋词选	一年	三	二	三	二	四	二三四年级选修
二八	曲论	半年	三	二			二	一二三年级选修
二九	曲律	一年	三	二	三	二	四	三四年级选修
三十	曲选	一年	三	二	三	二	四	二三年级选修
三一	小说史	一年	三	二	三	二	四	选修
三二	唐人小说	半年	三	二				一二年级选修（以上第二类）
三三	四子书	一年	二	二	二	二	四	二三年级选修
三四	毛诗	一年	三	二	三	二	四	二三年级选修
三五	尔雅	半年	三	二			二	选修
三六	春秋左传	一年	三	二	三	二	四	二三年级选修
三七	史记	一年	三	二	三	二	四	二三年级选修
三八	庄子	半年	三	二			二	选修
三九	韩非子	半年	三	二			二	选修
四十	墨子	一年	三	二	三	二	四	选修
四一	杨子法言	一年	三	二	三	二	四	三四年级选修
四二	屈原赋	半年	三	二			二	一二三年级选修
四三	陶谢诗	半年	三	二			四	选修

续 表

号数	学程名	教授时数	上学期 时数	上学期 学分	下学期 时数	下学期 学分	总计学分	备注
四四	杜诗	一年	三	三	二	三	四	三四年级选修
四五	韩文	半年	三	二			二	一二年级选修
四六	温李诗	半年	三	二			二	选修
四七	苏诗	一年	三	二	三	二	四	选修（四年级）
四八	清真词	半年	三	二			二	三四年级选修
四九	甲骨文	一年	三	二	三	二	四	三四年级选修
五十	钟鼎文	一年	三	二	三	二	四	选修
五一	李诗	一年	三	二	三	二	四	三四年级选修
五二	诗品	半年	二	二			二	三二年级选修
五三	近代诗	半年	三	二			二	一二年级选修
五四	稼轩词	半年	三	二				三四年级选修

该表序次凌乱不便省览，兹再归纳之，析为科类如左：

1. 文学组：

A类 各体文选（六学分） 秦汉文（二学分） 六朝文（二学分） 唐宋文（二学分）骈体文（二学文） 文学研究法（四学分） 文学史纲要（四学分） 文艺评论（四学分） 韩文（二学分） 修辞学（二学分） 辞赋选（二学分） 屈原赋（二学分）

A类共功课十二门，学分四十

B类 诗名著选（四学分） 汉魏诗（二学分） 六朝诗（二学分） 唐诗（二学分） 乐府诗（二学分） 宋诗（二学分） 诗歌史（四学分） 温李诗（二学分） 李诗（四学分） 诗品（二学分） 近代诗（二学分） 苏诗（四学分） 杜诗（四学分） 陶谢诗（二学分）

B类计功课十四门，学分三十八

C类 词学通论（二学分） 唐宋词（四学分） 词曲史（四学分） 清真词（二学分） 稼轩词（二学分）

C类计功课五门,学分十四分。

D类　曲论(二学分)　曲律(四学分)　曲选(四学分)　词曲史(四学分)

D类共计功课四门,学分十四

E类　小说史(四学分)　唐人小说(二学分)

2. 国学组:

A类　国学概论(四学分)　目录学(四学分)　文字学(二学分)　声韵学(四学分)　训诂学(二学分)　甲骨文(四学分)　钟鼎文(四学分)

A计功课七门,学分二十七

B类　经学通论(四学分)　毛诗(四学分)　尔雅(二学分)　春秋左氏传(四学分)　四子书(二学分)　史记(四学分)

B计功课六门,学分二十

C类　庄子(二学分)　韩非子(二学分)　墨子(四学分)　扬子法言(四学分)

附注:以上归类仍系据伊课程说明内规范者,如《史记》、"四子书"列专经研究之例是也,阅者幸勿误为鄙意(如《史记》中之书例经说等旧发明权)。谨此声明,以示不敢掠美。

故如据上所归纳之类别以观,则其抑扬畸重,简陋粗疏之病立见,综其不可解答者,厥有三失:

1. 应有偏无,逐末忘本也。先民有言,求木之长者,必固其根本欲流之远者,必濬其泉源,固知筑基未坚,倾崩立见。文学亦然,凡常识不足、认识不明者,绝不能把握时代,亦绝不能产生伟大著作。即敷衍成章,作品等身,亦犹秋虫鸟语无关文运也。又譬之习画者,苟不娴木炭术,则轮廓不准,后虽鲜以彩色,其如不能掩丑何?然则每学系之基础功课,讵可膜然忽视也哉?返观该系学程究何如,凡应有而偏无者,其例实繁,请论证之。如文学组中之文学概论也、艺术论也、文艺思潮也、诗学原理也等,均应定为必修者,殊该学程一览总表,竟选修课目亦无之。而宜讲生式之诗文选本,千篇一律者,又多至二十余科目,七十余学分。似此轻重倒置,其可谓之知后先乎？又如国学组中之校勘学也、考古学也、语音学也、方言学也、文法学也等基础科目,亦应列入必修者,乃该学程一览表,亦不见有此规定。并选修亦无之,其颠倒荒谬又何如乎？斯则该学程一览表所不可解者此其一。

2. **同类丛列**,漫无准则也。综考该学程之重见复出者,其例亦繁,而文学组中尤甚。如讲授文章类,则学分多至二十余,占全学分六分之一(按中央系一百二十八学分毕业)；如各体文选一科计六学分,既包有散文宗师之"韩文",乃专家文中又有一韩文研究(按专家文选,虽名专集研究,顾考其学程说明,仍是文选专家文上堂宣讲,并非下堂练习研究也。)又如六朝文一科,既属骈体研究,别又有一骈体文学科宣讲。凡此皆汪东先生深恐不能欣赏高等文学,故于文章句读解释,不厌求详耳。又如诗歌选本,亦有十三种之多,凡三十余学分,占全学分四分之一,如六朝诗既选有陶、谢,又有陶、谢诗之专家选本,唐诗中既选有李、杜、温、李之作,而专家诗中又别开有李诗、杜诗、温诗、李诗各选本。其一咏三叹、一歌再歌有如此者。而国学组中则不然,仅备一声韵学、经学通论,而无声韵学史、经学史以明其变,徒有甲骨文、钟鼎文之特别研究,而无《说文》练习以植其基；它如有《庄子》而无《老子》,讲《韩非》而不讲《荀子》,取《法言》而弃《太玄》,经视《史记》而下视《汉书》等畸形观点,斯亦该一览表所不可解者,此其二。

3. **佞古悖今**,大违时代也。查该学程一览表,其宣讲式之文章选本中,所谓秦汉文也、六朝文也,迄唐宋文而斩,而诗歌选本中,如汉魏诗也、六朝诗也、唐诗也、宋诗也,则迄近代而斩。而小说一门,亦局限于唐代,寻其意旨,似谓自此以下,时近格卑,无足取也。然而周作人先生对此等处,偏不作惊,其言曰："我很奇怪学校里为什么有唐宋文而没有明清文,因为公安、竟陵一路的文,是新文学的文章,现今的新散文,实在还沿着这个系统……"(见沈启吾《近代散文钞用新序》)实则周先生尚未了解其佞古热忱,所谓非三代、两汉之书不敢观者,即其流也。彼其愈古愈佳、贵远贱近之恶习,时至今日,犹不能化其顽梗。其于历史观念中,凡文学演变解释,所谓"进化论观"、"起伏论观",均似未尝传闻也者。抑知文学流变,后先相推,居今寻古,固当先语其近,譬之宗祀,必自严父以上追远古,非然者,则不识血胤所由,将不能知其统绪矣。诚以彼心目中,惟知佞于古,故较论一切,无往非谬,即在小说,亦以初期之唐人传奇为正,而宋元以后平话演义之作,虽绰有进步,蔚为大邦,然而彼终不顾也,是何足与语时代?故观其于中大文学院概况绪言中,仍复固步自封,排斥欧化。如曰:"震眩殊俗,侈谭革新,迷所往而不复(蒙按:夫子自道也),遂欲焚燃典章,拚除仓沮,然后稍快其意(蒙按:未必),不悟科学之良窳,为举世所公认(君亦知耶)。文学之精粗,则各沿所习,彼此相阂,焉可交通(其然岂其然乎)……"夫文学心声也,人同此心,心同此理,奚为武断彼以相阂,不可交通耶?至云文字精粗,各沿所习,于事既悖于理,尤非。准此则远西罗马习于希腊,胡为文学亦精?而近今德、法、英、美、日、俄等国诸文豪,胡为交通所习而亦不相阂耶?又就本国论则沿周秦之习者,不应有汉魏文,沿汉魏之习,不应有六朝文;再就韵文体制论,则四言后不应有五言,七言后不应有长短句,胡为诗后有词,词后有曲耶?故籀其文院绪言,核其学程一览,以若所为而求若所欲,不过在此残余封建社会中,多添一群抱残守缺之遗少耳,其奚能把握时代,代表时代,以与世界文坛角胜竞雄耶?斯亦予之不可索解者,此其三。

以上所评,虽就中央大学中国文学系而论,他校自可相观而善,其驳诘虽似稍严,盖亦蕲求改进之心甚殷,非故与该系当局为难也。

(丙)研究分组之无规划也。近观各地大学中文系之组织,其规划方式,均相类似,大都重注入而轻实习,多宣讲而尠指导,故其所定课程也,徒状观瞻,而不裨实用。盖罗列各科,既未先之以基本训练,则肄习各书,自难从事于专题探究。即彼所号召高年级之研究示例也,亦仍于讲坛上"训释句读",而未尝以堂下之"修习指针"。彼虽美其名曰某某专经研究也,某某诸子研究也,某某专史研究也,某某专集研究也,然而夷考其实,则殊大谬不然,盖除口耳传习外,别无其他方式。此征之南京中央大学中文系、广州中山大学中语文系,而知其有同病也。诚以教者堂上,仅负讲述之责,学者堂下,自无实习之时。不知习数、理、化之所以有心得者,其收功固在于演习实验,胡为文科之中文系,独不然耶?闲尝校其得失,考其流蔽,筦见所及,厥其三端:

1. 无分组计划。查各大学中文系,虽亦曰高等专门教育,然核其教授方式,似仍与高中无甚差异,穷其因由,大都科目广泛而无统宗,徒昭美备而强欲兼重。(如广州中大中国语文学系生徒,既有语音学、文学两者繁重之主系课目,又有教哲社诸史辅系学程,故终于东鳞西爪漫无统系矣。)而选习简易以企学分者,又习为敷演将事,祇冀及格塞责,大都生徒均择其易于考试者以修习,于是乎成绩斐然,竟胜似埋头研究之毕业论文多矣。循致大学专门之钻研,仍为一般之普通肄习。(理工科自无此现象,即法科亦较少此弊,惟文学院之中文系,则难乎以语今之学林矣。)盖学程之基础科目,既阙略而不严,则研究之区分门类,自在有而实无,故主系辅系,虽有明文规定,然选甲读乙,仍成习惯恶例。此皆各大学历年共有之不良现象,固不独一地一校为然也。然试寻其病根所在,岂非无分组计划之流蔽哉?故系中分组,既可责其为论题研究攻而专考,而辅系指定科目,亦为论题研究而选修。苟如是,则"所学"与"所习","讲授"与"研究",自能融和一片,而期其实用矣。默察海上大学,能循以分组方式以收效者,惟持志、光华二校而已(按持志学院校章,分其国学系为学术组、文艺组两者。光华亦分其国学系为国学、国史两组,而指定选修辅系学程。故两校生徒之毕业论文颇有可观),此分组研究之所以应计划者一。

2. 无基本训练。现在各大学之文学系,其名称之不统一,既如前所检核矣。而其所谓"学程一览"也,"组织计划"也,亦无一贯统宗条理,则其对于基本训练之工作,自亦无精密之明文规定。此虽为主持该系者所否认,然事实胜于雄辩,固不能以口舌争者也。试观南京中大、广州中大、武大、暨大诸校学程一览,其有此种提示否耶?虽诸校校章亦例有必修、选修之明文规定,然必修科目,既业列数十种,岂一一皆为基本耶?

如必修中又有基本，试问何者为基本，何者非基本耶？故必修科数十，而包罗万有者殊不当。盖治学所谓基者，即某一科根柢书之谓，亦及研究某一问题之基本学问。故甲生之基本训练，不同于乙也，丙、丁诸生准此类推。且普通所谓必修者，大多为公共应具之常识耳，非所以语于专修，故专修之基本训练，实为研究途径之指针，学术论文之准备也。是以观于各中文系之"问答考试"或"课艺考试"，暨各生毕业后之缺研究能力，始知无基本训练之流弊为不小也。如治文学学者，徒讲六书义例而不读《说文》；治声韵学者，徒讲声韵分合而不读《广韵》；治上古韵文者，徒讲古书时代及真伪而不读《诗》、《骚》，不知究将何所依据耶？此基本训练之应个别指导者二。（按：光华大学国文系亦有基本训练，但与此处所陈者稍别。因彼著重修己淑世，故以"四书"、《老》、《庄》为基本思想，《通鉴辑览》为基本掌故，与道学求知之个别导习者固不同也。）

3. 无指导方术与练习规定也。查各中文系之教者，既在堂上抱本宣科，课后即无所谓"指导方式"与"研究末例"，故学者亦只堂上听讲已足，堂下自亦无所谓实习工作。上下交蔽，泄沓成风，笔札且无呈缴，更何有于论著。故高者除饾饤缀拾，或多其记诵外，别不知如何探究与整理也；低者则一无所长，谨附风雅而已。此其流弊之不可为讳者，然而今之中文系，固比比皆是也，其"导师制"与"练习制"之所以应规定者三也。

以上所陈各节，皆平昔亲历各校所观感者，拉杂书此，冀为司教政者之参证耳。若误以此检核为攻讦，则世无批判，亦将永无革新之机矣。

（原载《新中国》第 5 期，1934 年）

张百祥革命事略

百祥君,以字行,余之葭莩戚。其妻柏正才,曾就学广安石笋河场从德女学校,与余诸姑婶姊为同学。余幼时随诸姑姊读商务教科书于从德校初级班,其子张承碧亦随其母读从德女校,与余为总角交,故余知其家事,及所闻于家长与东京同盟会、共进会诸老同志,如何枢垣(庆云)、周稻荪涉及张之轶事。解放后,任教西南师范学院,因得与钟稚琚、赖以庄、陈新尼诸老纵谈辛亥前共进会先烈史话,续有增闻。现仅就能忆及者记述之。

张百祥原名启善,蜀之广安州石笋河场人,州早改为县,场今亦发展成为石笋河人民公社矣。百祥君就学于杜植三先生门下,喜大言,为文有奇气,第不屑举子业,少嗜拳棒,曾习武术于苏鹤峰贡士之门下,而略得其弹撒棍之长。好结客,壮年尝游历川陕,因得加入陕川流行之孝义会,为渠魁。喜任侠,尤好为人削不平,以故江湖豪杰锡以双刀子张邕之别名,固非其自号也。其所部党徒有被控下狱者,词连魁首张邕,坐是乃不容于广安及邻近诸县吏矣,因亡命走鄂湘。

岁甲辰,家五叔杜人忠(莪菁)以同学蒲伯英之招,同赴日本留学,君闻而壮之,请于家父仰山公助之。岁乙巳,君亦东渡,肄业东京东斌学校,习军事。君以娴技击,每与侪辈及日人角力,辄冠其曹,以是为东斌校同舍诸生雄长。适东京同盟会成立，君入会任联合部事。熟知中山先生在两广起义，其群众基础多赖会党，因此以川湖哥老会大可为革命军事基础，乃建议孙公请设共进会为同盟会外藩，而资呼应。君以倡议及赞襄共进会事既力，遂被推为共进会第一任会长矣。由是与长江流域各省会党之有志推翻清朝者常相过从，当时同盟、共进器然为革命中坚之搘柱，声势大张。而浙中陶成章滋不悦，思仍以光复会比隆朱洪武，是则反满之志虽相同，而功成自我之念则大相背谬矣。余儿时在乡亦习闻谈张启善轶事，仅知其为同盟会会员、共进会首事人，固不悉其为全国会党之共进宏图与社会改造之伟抱。近读《太炎先生自定年谱》，始知其详。

　　解放以来，余重执教鞭于西南师范学院，比邻钟老稚琚，以太炎门人故，尝为民报社执役，而共进会之开会所，亦与同盟会之民报社为紧邻，故共进之活动，民报社员亦能闻之。据钟稚老云："某日共进会开会于间壁大室，议将严罚其党徒某君之违背会章者，会中争论不休，有请议勋原情宽免者，主席张百祥据会章折之，且厉声曰：'舜为天子，皋陶为士，瞽叟杀人则如之何！'其音宏，声振屋瓦。适民报社黄季刚在间壁，亦厉声调侃之曰：'彼辈纠纠，亦曾读儒书知孔孟大义耶？'于是共进会同志闻者大哗，群起鼓噪，势将痛殴季刚以泄其轻侮彼领袖之愤，及推门见黄，大呼黄季刚过来！张急止之曰：'彼为太炎弟子，固属一家人也，不必介意。'跃跃动武者于是乃止。"钟老述此轶事后又曰："季刚素喜恢谐，善谑人，自此受惊后亦颇知自敛矣。"

　　百祥在东京游学时，广安州之居东京者约十六七人，分而为二派焉：一曰同盟会，以张百祥为首，而王晓澄、王宣彝、周道生、何枢垣（字庆云）等属焉；一曰宪政派，以蒲殿俊为首，而胡俊、顾鳌、郑鸿基、聂丕成、夏河清、王瑞图、向敬卿等属焉。至当时不明显隶政治集团，而以专研业务学习为务者，则有杜莪菁、周建侯等学究式之读书派。百祥与杜莪菁为戚谊，而杜莪菁与蒲殿俊为同学。当宪政派蒲殿俊之被同盟会詈为官僚集团也，亦尝求谅于革命党人，蒲氏遂因杜莪菁之关系颇亲密百祥，乞为疏解。而百祥亦尝勉其能为革命助手，希勿"强学其名，保皇其实"，则党人自谅解矣。闻之赖老以庄云:"蒲殿俊在渝,因与巴县梅羲雨友善,亦尝与朱之洪(叔痴)诸民党健者秘密结社五福宫,是则蒲殿俊立宪党人之倾向革命,与张百祥之联络说服,此中似亦有蛛丝马迹焉。"再证之《壶溪草堂诗集》,蒲氏有诗证云:"昔交耻庸鄙,惟恐不异人。居然谈格致,岂独攻伪经(指强学会挂名事)。乃至谋不轨,结士摹椎秦(指张百祥)。到今一回顾,新者亦已陈。惟有五福宫,拓为驷马门。雕墙护兵子,穿构欺神庭。当时密谋处,篝火换华镫(指与朱之洪参与革命事)。陵谷写废兴,老少殊爱憎。晚盖用手谈,庶不妨后生。所患宵梦回,炯炯童之心。"(县人郑德潜刻印蒲殿俊《壶溪草堂诗集》第七页《寄和林山腴诗四首之二》)

君在东京时因与立宪派蒲殿俊有往还,当时同盟会之少壮派颇疑张百祥为立宪派蒲殿俊之镳客,而孰知此所谓纠纠武夫会党领袖之革命实行家,固亦能实现文中子所称"同不害正,异不害物,内不损真,外不绝俗"之旧统战战术而为辛亥革命服务乎?时川南汉流大侠有曰畲英字竟成者,东行观光,与百祥尤相得,百祥于川之革命运动尤倚之如左右手,于是由共进会派其回川主持革命策动事,而同盟会则派熊克武主持之。两君皆同盟会而兼共进会会员,故川中首义之旗,两君固集中领导之力为多,其著者如成都之役、嘉定之役、广安己酉之役,畲英均纠集会党义士喋血斗争,前仆后继,为黄花岗开其先。及畲英烈士之恶耗传闻于百祥也,君哭之痛,盖伤会党领袖又弱一个,川中武装起义运动,其将受一挫折乎。君于是决意归国,躬求实践之。尝告其同志何枢垣曰:"吾既讥克强不重视长江流域各地,不联络会党,而己又蛰处东京,牵于留学生共进会之会务,其恶能发展内地革命事业耶?且本会改名为共进,即在行动,不入虎穴其焉能得虎子虎孙乎!"又曰:"吾拙于作宣教而勇于事部勒,吾其返国以谋进取乎!否则俟河之清吾不能耐,长夜漫漫究将何时旦乎!"君于是与陶成章等乃先后返国,尝奔走苏、浙、湘、汉间。当是时也,君固以化名杨鹏举避耳目,以谋深入社会基层,则君原以共进为己任,固从事广泛之会党联络工作矣。君在东京肄业时,除以《民报》潜寄广安石笋河外,并亦偶寄《天讨》、《天义报》于我家,倪亦闻幸德秋水、片山潜之风而思以社会主义启迪乡邦欤？

自广东三月二十九日败耗至，君悉甚，尝谓其同志肖泽三、张知竞曰："吾辈之革命事业，终须在长江上游取根据地。"会乡人有孝义会会党而为同盟、共进之分子成员曰蔡体平者，既为广安己酉失败之硕果，又为黄花岗一役之幸存突围者，甫归至上海，又决议派蔡赴陕，谋西安同盟会之联络与发展。蔡以人地不熟，艰于工作，拟请百祥转求总部希另调。百祥否其议，斥之曰："君已誓言愿以生命付党矣，今稍感荆棘，即呼艰困，然则返家为田舍翁何如？"盖蔡为当时中产地主，张故以言激之也。又曰："苟有困难者，吾为若专函井大哥，当立解。"蔡乃欣然就道。蔡甫离申，而蔡之妻曰蒲金者，适来沪。蒲为殿俊之姑，百祥既谂其强项，又识其慧黠，乃谓之曰："若欲见体平耶，当先为同志，冒险工作，自能琴瑟如初，室家安享矣。"于是蔡妻蒲女士者，乃得伪为杜紫扉（关）之妻杜黄女士之佣仆，潜运炸弹于秦皇岛、津沽间。凡此琐琐，均闻之当时直接参加者之自述。

里人蔡体平君于辛亥革命后，自秦之西安归，其同志军官偕行来广安石笋河场者约廿余骑，而双流吴景伯君则当时以西安陆军中学而起义者。蔡体平以倦于奔驰之故，终老田园。景伯君曾语余曰："蔡大哥固淡于名利者，苟不隐退，当时即为陕镇南镇守使矣。"盖当时秦之会党首领如井崧生等实力派均支持蔡也，乃蔡退隐乡曲，间亦参加护国、护法之军事运动，然而意态萧索，已不能如前之百折不回，则百祥之评责为不诬矣。

百祥既以动员共进为己责，尝思求一能激发暨联络群众事件如铁路问题，此中包括有租股捐之权利，影响甚大。故深知利用蒲殿俊、肖湘等在东京组织之铁路改进会，既可为掩护物，又可扩大政治斗争风潮，寻四川立宪派果以保路同志会号召于川中矣。君于是认为时机之不可失也，密函飞驰，专人联系，促川中各地会党响应，且促广安同志肖俊贤投袂曰："宜昌为川鄂咽喉，且为水陆轴址，吾其莅彼以组织会党为川鄂枢纽及根据地乎！"君乃潜至宜昌，拟以会党为线索，先组织码头工人，于是集群众之优异活动者于宜昌铁路公司中,强聒反清之理论。事闻于大府,君遂被捕。时乡人肖贤俊(泽三)亦党人同被捕者。君自承为主动人杨鹏举(按即百祥之化名),与肖无涉,肖遂被释,乃嘱其赴湘、浙通声息联络。

无何,武昌首义,宜昌亦获反正,君被释出狱。念端方既带重兵入川,应策动四川各地义民响应起义,君乃东下武昌,请械于孙武、黄兴,然以武汉抗敌需迫,助械无望。于是又赴川东一带,道出奉节、万县,号召各地汉流树立革命民军旗。适达县、新宁土匪猖獗,多为孝义会枭杰,尤以刘汉卿(子良)、李绍伊之党徒为最伙,党人傅晋卿字儒材者乞师,君乃率旅至新,晓以大义,并编抚其骁勇者为敢死队,以声援北伐相促勉。元年五月,以民军及敢死队归并蜀军政府,寻奉渝军政府命为川东宣抚使,宣抚下川东。六月旋里,寓石笋河者十余日。而百祥常过我家访晤先父叔辈,余观其着白绸衫长裨,手一棕叶葵扇,状不类武将总司令也者,因悄语二兄杜文焠询之曰:"此即兄常所称道之敢死队长官总司令耶?"渠似微闻笑颔之。又常见渠大会本场之父老于市中区关庙申明亭中,渠则召集两造涉讼者作公正评检,盖即乡人所谓吃讲茶也者。事为某商业兼地主之租佃事,百祥结其讼,斥富者减租,于是佃农某获胜诉,而当时之地主因流言曰:彼为孝义会党徒撑腰耳!其排难解纷多类此。当是时石笋河场又流行一种口头常谈语曰:"田土岂是富家物,上山打猎,大家有分。"殆皆张百祥回场以后所传播者,然而此种革命空气,殊经护国、护法之役,反稀薄模糊,无人昌言之矣。

同年十一月百祥赴成都,蒲殿俊已解都督任,见张来,知其必与胡文澜有冲突,颇借其师胡骏(葆生)之关系消解之,张不顾。胡督希张解兵柄,许以重金为解散费,时张迫于裁军编制舆论姑允之。殊民军武装才予解除,而胡督之压迫党人恃权专擅则日趋嚣张矣。百祥于是与其共进会同志母剑横等,创办《人权报》,思以舆论为制裁,每有社论,常揭露胡文澜与袁世凯之奸私阴谋。会胡督以三百万侵蚀事,被省议会弹劾,君更以四川各法团联合会会长名,为省议会督导,反对尤力。并召集各团体联合会于铁路公司,筹商讨袁驱胡对策。胡亦禁止其《人权报》之发行,盖当时胡督代表袁世凯之意旨,已露骨加害于民党矣。

百祥知笔舌之争无济于革命事业也,乃于翌年七月一日偕张达三军出省垣。张达三者郫县人,辛亥初所谓孙、吴、张、丁四首领是也,所部有以保路同志军起义军被改编之实力师。君于是以张达三部为基础,再以共进会所联系之会党为骨干,重建民军讨贼旗于绵州。当时应者云合,不一月间,武力已号称数万众矣。义旗所指,连下十余城。惜也民军长江三督之实力相继失败,近代史所称癸丑湖口之役是也。而渝地熊、杨至八月始树讨胡讨袁之正规劲旅,亦以各个孤军作战失败,百祥于是被合围矣。盖以新集之众,而有饷弹之缺,乃不得不弃绵州,走江油,而君之劣势兵力,终不能不宣告败退瓦解。诸凡君所领导之保宁民军如季东瀛等起义部队,亦次第被各个击破,君于是再奔湘南转沪。君甫卸征装,方谓履险如夷,不意袁贼侦骑,密布申江,君为叛徒某诱至华界旅社洽商要务,乃被捕,于是押赴南京转解北京,竟于丙辰民国三年九月十三日就义。

(原载《辛亥革命回忆录》第三集,1962年)

回忆王右木烈士

1921年,我以旧制四年制中学二年级学生借他人毕业文凭考取成都高师,引起广安县中学毕业未考上高师的同学不满。他们向广安县视学刘卓群(威远县人,高师第一届毕业)反映,请函高师查询我考卷成绩实情。当时,王右木先生任高师学监(即训导主任),他在查证中知我成绩尚佳,便约我谈话,因此我认识了王右木先生。

通过多次接触,我得知王先生留学日本,初读应庆大学,后入明治大学。在这期间,认识了李大钊、陈独秀,他喜阅革命史,尤喜日本早期工人运动领导者幸德秋水所译之马克思《共产党宣言》,此时,他也加入了李大钊在日本组织的"神州学会"。

回忆第一次谈话时,他问我:"你们报考资格,一是历届中学毕业生,一是具有同等学历者,你自信能考取,何必要借别人凭照?"我当即告诉他我投考时的思想情况说:"听说有毕业文凭的考生各科平均六十分以上的就可录取,考上机会较多;而同等学历报考者要求分数更高,录取机会较少。我借文凭报考,原因是怕名落孙山。"王右木先生认为我吐谈诚实,直认不讳,便告诉我:"你中文、英文、算术三科成绩很好,中外史地、动植物各科成绩也不错,我们学校已复你县教育局,就是照同等学历标准,你也应该被录取。但你切不要自满,必须奋发努力求学向上,尤以多阅读新书及报刊,树立革命人生观,争取作新时代进步的教师为佳。"

以后,王右木先生又与我谈过几次话,其中一次对我影响很大。他说:"你旧学根底还好,我知道你不大高兴写白话文,希望你不要作'桐城谬种'、'选学妖孽'的迷信者,文言固不可完全废除,但世界是进化的,要留心时事、新事物,多阅读新书报,才能适应潮流,推进社会。"当时我家的叔伯都崇敬井研廖季平先生,我常听传达廖先生讲《礼运》篇大同小康学说,又讲春秋《公羊》"张三世"、"通三统"诸义。我因此回答说:"我们中国和西洋都有社会主义。"他和蔼地向我笑着说:"难道说中国与西方的社会主义不能合流吗?你不要太迷信中国先哲旧说,要研究新的社会科学,从旧的国故中走出来,进入革命行列,做中国的新青年。"并介绍《新青年》、《新潮》杂志给我。

1922年,吴玉章同志担任成都高师校长,王右木先生因知道李大钊在北京已组织有少年中国学会,恽代英是武汉少年中国学会的骨干分子,他便向吴玉章建议,由吴玉章出面请恽代英同志来成都,并嘱童庸生转知杨闇公到成都,拥护吴玉章同志脱离成都赤心社,转入社会主义马克思组织。

李大钊在北京组织马克思学说研究会时,经由第三国际派来乌廷斯基,而马林,而李克诺夫斯基,最后派越飞来华,认为中共建党之后必须有"一个向军阀与帝国主义作战的联合战线"(文章见《向导》21期),这就树立了中共统战工作而主张第一次的国共合作路线。关于前期倡导统一战线,王右木与李大钊已有书信来往论述过。李嘱王右木在四川留心发现国民党中进步分子,争取他们共同开展"联合战线"工作。在当时,浅薄而幼稚的我,颇不以联合战线为然,因为我在广安县眼见国民党抢官抢钱之"巫教",以后才渐渐在王右木先生的影响下转变了认识。1921年前,王右木先生曾在成都创办的读书会,主要读物是报纸和社会主义讨论集、《新青年》、《新潮》等刊物。读书会后来改名为"马克思主义读书会",多阅读马克思书籍及李大钊"问题与主义"的论战等文章。

王右木先生为了在学生中传播新思想,在成都创办过《人声》周刊,一周出一期，自编自印自己发行。西南师范学院段调元教授、重庆九三学社主委税西恒曾向我说过，他们两人读过《人声》周刊，是王右木亲自往访特意送去的。

吴玉章来到成都任高师校长前，王右木早已在成都组织了社会主义青年团，我就是他和童庸生介绍参加的。以后改为共产主义青年团，这是我到北京进北大、清华两校后才改的，是时我已经见着了陈毅与李大钊同志。1926年，我由北京绕道回川，在汉口见着陈毅，他要我同去万县工作，因而参与了反击英帝国主义制造万县"九·五"惨案的斗争。后又再由朱德、陈毅同志联名写信介绍我在重庆会晤杨闇公同志。谈到王右木时，杨说："王右木在1923年赴广东出席中共第三次代表大会，是由恽代英到四川后传达李大钊的意见决定的，即四川的党虽然没有成立，但王右木可以个人参加去赴会。"周钦岳告诉我："王右木先生去出席中共第三次代表大会到重庆时，曾去《新蜀报》访友，周钦岳见到过他。"

1980年10月

（原载《四川文史资料选辑》第二十八辑）

万县惨案与朱德、陈毅同志

一九二六年八月,国民革命军已出师北伐向两湖进军。这时,我从清华毕业自北京返川,途经武汉换船,遇见刚由北京到汉的陈毅同志,他是中共北方区委派在国民党北京市党部任代理宣传部长的。在北京我们在学运工作中常有联系。"三·一八"惨案后,陈毅同志已无法在京立足,李大钊同志便派他到四川作军阀杨森的工作,他准备通过喻正衡的关系去杨森处,当时杨森正扩充实力,积极网罗人才,有"杨森广安人,广安广安人"之说(意即广为安插同乡)。因此,见面后,陈毅同志便极力说服我同他一道去万县,一方面要我以与杨森同乡这个关系作个引见,以加深他们之间的关系便于工作;一方面则要我在杨森的同乡和中下级军官中作些宣传,争取转向我们,促使其弃暗投明,割断与北洋军阀吴佩孚的关系,参加北伐。

我们到万县后,朱德同志已先来万。他是留法归国后,由党中央直接派去杨森处作杨的工作的。为了消除长江上游对武汉的威胁,便于北伐军攻打武汉,必须争取杨森转向北伐。我第一次见到朱德同志,是在他刚从重庆和重庆地委(即四川省委)书记杨闇公商谈后返万不久。朱德同志当时名朱玉阶,到杨森部后,杨尚有顾虑,不愿交给兵权,只给了朱德一个行营参谋兼第九师(杨森的直辖师)代理师长的空头衔。他住在南洋兄弟烟草公司内杨森的特别招待室。由于我不愿作官,对"大人则藐之,无视其巍巍然"的革命不彻底的清高思想,朱德同志曾批评我,给我讲了到军阀部队中作革命工作的道理,并劝我留在万县,利用与杨森同乡的关系,在军队中多作些宣传工作,把革命力量扩大到军阀部队中去,把军队改变过来,不再跟着吴佩孚跑。因我初见杨森时,我已拒绝了杨森留我在他秘书处工作的要求,不好食言,朱德同志只好作罢。八月底英国商船"万流"轮在云阳浪沉杨森的军饷船事件发生后,陈毅同志来约我去朱德同志寓所,研究抓住这一事件,发动群众开展反帝运动,迫使杨森转向。当时帝国主义列强的兵舰、商船横行川江,浪沉木船,淹毙同胞的事件不断发生,群众极为愤慨。朱德和陈毅同志分析说:北洋军阀的背后,都有帝国主义的靠山,所以反帝与反封建军阀是一致的。人民痛恨帝国主义,我们就要动员群众力量,迫使杨森转向广东政府,割断他和北洋军阀的联系。我们要促使军人跟着群众走,这就是我们要作的工作。现在杨森既然说英国轮船浪沉了他八万多银元的军饷船,淹毙了他的士兵,我们就要抓住这个事件对杨森和他的部下进行反帝爱国的宣传教育。最重要的是我们要广泛发动群众,领导群众,造成声势,掀起一个象"五卅"那样的群众反帝政治运动。最后,他们研究决定,先召集万县各界代表开一个预备会议,会后分头宣传、发动,然后正式召开反帝群众大会。

九月二日,在万县图书馆的阅览室召开了有工、农、商、学、妇等各界代表五十多人参加的预备会议。会议由陈毅同志主持,请朱德同志担任会议主席,宣布这次会议是群众大会的预备会议。朱德同志在会上讲了话,大意是说,帝国主义列强派兵舰、商船来中国,就是对中国的侵略,它们无视中国人民的生命财产,在江上肆意横行,就是对中国人民的直接压迫,这不是一件小事,是关系着国家、人民的大事,只有打倒封建军阀,把帝国主义赶出中国,国家才会有真正的独立,人民才有真正的自由。朱德同志号召大家把各界群众动员起来,行动起来,抗议帝国主义的罪行。并向全川、全国通电呼吁。大会进行了热烈地讨论,一致决定于九月四日召开各界群众大会，声讨英日帝国主义的罪行。同时要杨森对这次事件采取坚决的行动。会上并推我为代表，立即赶到重庆、成都等地呼吁声援。

经过朱德、陈毅等同志的多方工作，部队里中下级军官的要求和群众的反帝呼声日益高涨，加之杨森向英方交涉抗议被无理拒绝，才决定将由渝驶万的英国商轮"万通"、"万县"号强行扣留。九月五日英帝国主义派兵舰劫船未成，悍然开炮轰击万县居民，当时朱德同志正在寓所，突闻炮声，十分愤怒，立即冒着炮火赶往军部，要杨森封锁长江，截击英舰，给英帝国主义以严厉惩罚。但是杨森这个北洋军阀的走卒，在帝国主义武力威胁下，已无能为力，只有电示其主子吴佩孚，求其通过外交部向英方抗议。而帝国主义的走狗吴佩孚却回电要杨森"息事宁人顾全大局"。杨森这个忠实走卒马上就软了下来。朱德同志要他去电反对吴佩孚，杨森却说："我给你说老实话，我被赶出川时，兵无一人，枪无一支，我能够恢复军队的地位，给我总司令职位，二次再起，是全靠了吴佩孚的扶持才有今天，我怎好去电反对他。"这说明了他们都是一丘之貉。

英帝国主义的暴行，万县人民无比愤怒。五日当晚，朱德同志从军部回来即命由京返川住在朱德寓所养病的孙壶东同志马上组织后援会，发动领导群众起来抗英。第二天（九月六日）万县各界就成立了"万县惨案雪耻会"，同时在（西较）广场召开了数万人参加的"万县各界为英兵惨毙同胞雪耻会成立大会"。大会群情激昂，高呼反帝口号，大会与会各团体都分别发出通电，向全国呼吁。陈毅同志又立即赶到重庆向省委汇报了惨案真象。于是，在中共重庆地委的领导下，在重庆和全川立即掀起了一场轰轰烈烈的声援万县惨案的反帝群众运动。

西师教授杜刚百同志访问摘记，罗人庆记录整理。
1981年9月
（原载《万县九五惨案资料汇编》，1981年12月）

"九五"惨案见闻

一九二六年"九五惨案"发生前夕,钢百应陈毅同志之约往万县,在万县亲聆朱德同志对时事的精湛分析,英明预见,并因势利导,掀起了新的反帝高潮。一九三〇年秋,于渊同志任中国工农红军四川第一路司令,庆坚任该路前委青委书记,在赴天津途中,于渊同志谈"九五"战斗经过甚详。我们现就记忆所及,谨记于后,以供研究四川现代史的同志参考。

一 朱德同志在万县

(一) 策动杨森易帜

早在一九二五年,杨闇公、刘伯承同志到广州去了解情况,国民革命军总政治部主任邓演达便向他们提出,北伐一定要成功,一定要夺取武汉。川军杨森对湖北宜昌、武汉的威胁太大,共产党的同志要负责这方面的工作,促使川军易帜、组成自己的军队,这是两副重担。邓演达同志要朱德同志担负策动杨森易帜,刘伯承同志组织自己的军队。刘伯承同志认为:对四川军阀在战略上应采取"前面拉,后面抵"的办法。

为什么要派朱德同志去找杨森?朱德同志在护国之役中卓著战功,

杨森部下许多人也出身护国军,所以大家对朱德同志非常尊敬。

杨森是吴佩孚扶持回川的。吴佩孚自称十四省讨贼联军总司令,司令部设在武汉,委杨森为讨贼联军川军第一路总司令,命回四川召集旧部待命讨贼。杨森离开武汉前,吴佩孚特别为他践行,但大红金帖请柬上写的宴会时间是晚上十二时。有半夜宴客的事吗?杨乃派人到吴总部付官处去询问是不是时间写错了。回答是:没有错。届时杨森去赴宴,见吴总部内灯火辉煌,职员们紧张办公,这又不是战时。宴会后杨森对其亲信部下说,总部晨昏颠倒,这样腐败一定要失败。但他又摆脱不了和吴佩孚的关系。

北伐军进军湖南连败吴军,正将饮马长江,杨森的地位就显得更加重要了。杨森此时也很彷徨,恰巧有一个广安人,黄埔军校学生段远谋返乡探亲路过万县见到杨森,杨森细询黄埔军校训练内容以及北伐军的种种情况,段都一一作复。杨森很不理解为什么吴佩孚如此强大的优势兵力会一败涂地?孙传芳拥兵四十万人,而双方兵力如此悬殊,北伐军能够打败他们吗?段列举种种事实回答说,过去陈炯明、林虎有五六万人盘踞东江,黄埔军校学生仅有教导团两个团和粤军七师不到一万人,经过两次东征就把他们彻底消灭。现在北伐军已有十几万人,新参加的还未算,孙传芳虽然号称四十万人,还是不够我们打。杨森开始动摇了,约段晚上到家里晚餐,并写了一封亲笔信交段带给蒋介石。

朱德到万县后,杨森对他表面上极为尊敬,住在高级招待所,并派营山人喻孟群(速成系,杨森的同学,将官级)、蓬安人邹文龙(杨森速成同学)去担任招待,但杨对易帜一事仍迟疑不决。朱德同志要求做军队的政治工作,杨不便拒绝,提出两个条件:只能讲三民主义,不能讲三大政策;只能在教导队讲,不能在部队讲。

朱德同志随时深入连队同士兵谈话,杨森怕他煽动军心,便派了一些手枪队队员(全是杨的广安同乡)渗入连队故意接近朱德同志,然后把他的讲话内容报告给杨森。但杨始终没有发现对他不利的言行,朱德同志讲的都是革命的大道理。

朱德同志的政治工作最初开展并不顺利,因"九五惨案"发生后,国内和四川形势都起了变化。后来李嘉仲任国民党四川省川东特派员,并随带国民师范学生雷德沛等四十多人到万县,政治工作才有所开展。

(二) 因势利导逼杨森上梁山

一九二六年钢百从清华大学研究院毕业打算回川任教。八月,在汉口买船票时碰见陈毅同志,我们在北京做学运工作时常有联系。这时他同喻正衡准备回川到万县找杨森找点工作。早在留法勤工俭学学生被押回国后,川籍学生推陈毅同志和喻正衡作代表到成都去见四川督理杨森,请他安排回国学生就业,杨森答应安插。有这一段旧关系,所以他才到万县去找杨森。陈毅同志也劝我到万县找杨。杨森最重乡情,当时有所谓"军长广安人,广安广安人"之说。杨森想搞个"广安帮",自己当帮主,此乃尽人皆知的事。我也想利用同乡关系同他谈谈。避开了喻正衡,陈毅向我说:他在"三·一八"大会上作了主席,不能再在北方立足,北方局及李大钊派他回川到万县协助朱德同志工作,他也劝我留在杨森那里,帮助他沟通广安帮的关系。

朱德同志已早到万县,是以国民政府特派员和杨森在护国战役共事的关系,目的在催促杨森易帜。我到万后的第二天,陈毅同志约我去见朱德同志,他住在南津街的高级招待所。朱德同志直率地批评我那种"说大人,则藐之,勿视其巍巍然"的革命不彻底的思想。之后,我去见了杨森,杨森立即接见。我要求作长谈,使得尽其辞,杨约晚上在他家谈谈。届时我去了,从国际形势、国际工人运动、苏俄、北伐必胜,谈到杨的军队应该如何重视政治教育等等。杨森静静听了一个多小时后说:"你所说的已经有人给我讲过了。我采取的是'饥军政策',平时少发饷,打仗时夺下一个阵地奖给几千元,这样去打仗时谁还不争先上前?"这时侍从进来报:"朱玉公(朱德字玉阶。公,敬称)来了!"杨森急忙栖身相迎,我趁机走出,杨为我介绍:"这就是朱玉阶先生。"杨不知早上我们已经见过面了。后来才知道,朱德同志几乎每晚都要和杨森长谈。

杨森运饷的木船在云阳被轮船浪沉了,当时帝国主义的轮船在川江经常肇事。我们没有把它同当时斗争形势联系起来看,因此没有重视,杨森也没有召开什么会。陈毅当时只是秘书身份,晚上,朱德同志约陈毅和我在一间小屋密谈。朱德同志说:不要看轻这件事,这是打破目前僵局的好机会。于是他提出三个办法:第一,借此"唤起民众",并举出他在德国亲眼看到的几次大规模的群众示威运动,逼使德国政府不得不改变原来的做法;第二,把杨子惠(杨森)逼上梁山,"推"他易帜;第三,派我拿他的亲笔信到重庆去向党的省委书记杨闇公同志请示,明晨动身。我第二天就坐船到了重庆。

在重庆找到李嘉仲同志,他安排我住在国民师范内专门为各地来重庆的同志设的招待所,又为我安排会见杨闇公同志。九月六日我才见到杨闇公同志,他第一句话就说:"万县已经打起来了!"并讲了经过情况,还说:"已经专人带去了省委的指示。"

朱德同志善于利用形势,发展有利因素,引导到正确方向,"九五惨案"便是乘机掀起反帝高潮的好例。有人说,凡事都是"朱德说,杨森做"。据熟悉杨森个性的人讲,杨森是个连"老汉"(四川话指父亲)说的他也不做的人。因此,要杨森去做就要善于做好引导工作。"九五惨案"爆发前后,杨森有一些好的表现,这是朱德同志对他起了好的引导作用,善于掌握、利用时机。

二　万县反帝自卫战

"九五惨案"发生后,万县军民对英帝国主义侵略暴行进行了自卫反击战。庆坚根据于渊同志的亲口告诉的情况和参考一些资料,补充如下:

英驻渝领事卢思德到万县与杨森谈判时早已奉到英国政府用炮舰政策来填补谈判失败的指示。原驻万的英舰柯克捷夫(Coke-chafer)已卸去炮衣、实弹,架置12 cm的大炮,卢思德又乘威警号(Widgen)来万。

英长江舰队又将泊宜昌商轮"嘉禾"改为兵轮,内装水兵六十三人、军官五人,前后各架自动炮一挺(出炮十几公尺炮弹即爆炸)、机关枪、榴弹炮等。杨森也作了相应的军事部署。

于渊同志的指挥部设在河边太古公司万通囤轮上,奉令指挥宪兵及手枪队。事先,朱德同志曾告诉他不能先开枪,先开枪就输了理。九月五日下午五时许,看见黑船驶到万县河心,同江上那两艘军舰形成等边三角形,角尖指向万县,黑船在角尖。此时于渊已登上"万通"轮,乃命令岸上士兵进入阵地,并在船上作了布置。于命令:"没有我的命令不准开枪,不准下船。"黑船驶进"万通",英国水兵分乘小划子从"万通"的船头、船尾,猛砍系船钢绳,企图抢船,守兵同他们扭打。一个英国军官向空放了几枪进行威胁,诡计未逞,便直指我国士兵疯狂射击,我方有两名宪兵被打死。敌军先开枪了,于渊手提双枪,高呼打!打!打!两枪同时射击,两梭子弹打死那个军官和两个英兵。舱内布置好的我方士兵,应声从各个角落还击,英水兵不敢应战,仓皇投江逃命。这时战斗从六时二十八分开始(根据地区时差应为万县时间五时二十八分),大约经过三十分钟,英军损失很重。"嘉禾"离开"万通",趁我军都登上甲板时,开放船尾的自动炮和榴弹炮,我军也损失很重。

英舰队司令达尔礼看见损失很大,从望桥上跑下,又命令"嘉禾"靠近"万通"。他跳上"万通",脚刚踏上甲板,一排枪声过后,便应声倒地。"嘉禾"被迫离开"万通"后,仍想继续靠近,但未得逞。

这时于渊同志已受伤,枪弹碎片打伤额部。于渊上岸后看见"嘉禾"与"万通"之间有一段空挡,是大炮和机枪的死角,仍组织几十个人的敢死队,其中有宪兵也有志愿参加的青年船夫,两人乘一支木划子,每人带二十响快慢机手枪一支,从上游顺流而下,驶进两船空隙。一面向英水兵射击,一面靠近"嘉禾",就手可攀及的地方竭力往船上爬,以图夺取"嘉禾"。不料这些船船舷很高,很难抓到什么,只得向英军射击而漂走了。接替达尔礼任指挥的福克爱利亚看见这样的海军肉搏,吓得只有放弃抢夺"万通"的企图,掉头驶向下游半英里处的"万县号",又遭到我守军迫击炮轰击无法靠拢。

当"嘉禾"抢船失败时,在上游的"柯克捷夫号"用大炮向万县两岸轰击,重机枪向鸡公岭一带围观的军民扫射。下游的"威警号"向高笋塘李家花园的杨森总部轰击,大门中弹。"嘉禾"号企图抢劫"万县"轮又以失败告终了,只得驶到江心向南津街发射早为国际法所禁用的硫磺弹,因而引起熊熊大火。

我军炮兵在敌舰发炮后立即还击。据目击者说是由朱德同志亲自指挥的。由于炮很陈旧,射击技术又差,命中率不高。但我军炮兵边发炮边移动,致使敌船始终未发现我炮兵阵地,直打到江边的"霁影阁"(今万县市西山公园门口)。这里距英舰较近,命中率高,英舰中弹。① 于渊同志说,这些炮弹打在英舰上"就像西瓜落在钢板上"。英舰轰击万县城区时,有一颗炮弹落在法国天主教真原教堂,打坏一点屋角。法帝为了保护它的利益,泊在陈家坝的法舰,卸下炮衣,向"嘉禾"连放了两炮,命中船尾,冒出黑烟,它才拉响长声汽笛向下游驶去,其余两舰亦相随离开。从战斗开始到结束,历经两个多小时。事后,据法舰估计,英国三舰共发炮三百余发,我方宪兵死伤三十余人,英方被打死的有这次暴行的指挥达尔礼,"万通"上尸首十余具,失足落水淹死和被打死的又十余人,万县人民死伤上千,城区房屋被焚四百余所。

在"九五"战斗中,于渊同志机智指挥、表现英勇,他出身船夫,身高一米八,当兵以后常当敢死队,手执双枪赤膊冲锋。抗日战争前我曾亲自问他:"想得重赏才去当敢死队,人都打死了还用得到钱吗?为什么这样干?"于说:"绷阵仗。"于渊同志就是"绷阵仗"从当兵直升少将的。"五四"以后,他找进步人士教他文化,朱德同志、陈毅同志到万县的时间虽短,但对于渊的教育帮助很大,特别是陈毅同志曾坦率地批评他那种"绷阵仗"是个人英雄主义的具体表现,指出要为革命去"绷阵仗"此时正确

---

① 李英才:《我的回忆》,载《万县九五惨案资料汇编》第二四四页,万县政协文史资料研究委员会编。

的态度。"九五惨案"时于渊同志亲到一线指挥战斗,打响反帝第一枪,这正是党的教育的结果。于渊同志经过严峻的考验,不久由朱德同志、陈毅同志介绍参加了中国共产党。

(原载《重庆文史资料》,1983年3月)

谈笑风生　惊涛骇浪

一九二六年夏天,我在清华大学结业后,经天津、上海转一圈,然后回四川。八月,到武汉,看看亲友,逛逛名胜古迹,临江伫立的黄鹤楼,秀丽潇洒,清风吹来,铃儿叮叮当当。可是,经久的风吹雨打,油漆斑斑驳驳,显得衰颓败落,给人以神州破碎、国运衰微之感。

几天后,我到汉口买船票,真巧,在售票处,遇上陈毅同志。我问他:"去哪里?"说:"准备去万县。"同时又以审度的眼光反问我:"你呢?"我答他:"回老家去。"

"有什么打算?"

"先看看父母,看看老祖母。我出川几年,都未回过家。再就是找个工作做做。"

"想找什么差事?"

"我们是吃书的,不是教书,就是钻书,还有什么想法呢?"

"怎么光是教书、钻书?"陈毅同志把握拉倒一旁,悄悄说:"当初你在北京热心搞的新军社、四川革命青年社等等活动,为的什么? 不就是为的革命吗?! 现在北伐军势如破竹,快要到长沙了,武汉也指日可待。你跟我到万县,去做杨森的工作。我希望你把高谈阔论的本领拿出来,当个国民革命运动的苏秦、张仪,凭三寸不烂之舌,游说四川的军阀投入革

163

命阵营。"

当时北伐的胜利消息,确使我高兴。我说:"要得。我有个哥哥在万县,在那儿耍几天也好。"

第二天,轮船启航了。同我和陈毅一道的,还有喻正衡。他是陈毅留法勤工俭学的同学,一起被法政府蛮横押送回国,到了上海,又一起被选为代表回四川筹款。后来,喻正衡当了杨森的秘书。杨森,这个靠吴佩孚支持的四川军阀,眼看北伐军节节胜利,朝南朝北,正在举棋不定,他便派喻正衡到北京摸摸气候。喻正衡会见了陈毅,陈毅呢,自从"三·一八运动"出头露面后,在北京待不下去了,李大钊便派他回四川。这样,他和喻正衡同路。他们坐的二等舱,我坐的统舱。

统舱人多,又不通风,空气污浊、闷热,我到甲板,风凉风凉。走到船尾,看见陈毅同志独自一人,望着远去的武汉三镇出神。武汉关的钟楼,萋萋的鹦鹉洲,亭亭的黄鹤楼,越来越小,渐渐向天际隐去,只余下了悠悠的白云和浩浩渺渺的大江。上下翙飞的海鸥,送我们一程又一程。

泛起了乡思的我,归心如箭,不知不觉的又信口念起李白出川的诗句:"云开远见汉阳城,仍是孤帆一日程。"我问陈毅同志:"现在还看不见夔府城,不知还要好久时间,才能到万县?"

陈毅同志当即说:"你现在想的还是木船时代吧。今天是科学世界,轮船代替木船了,用的蒸汽机。不用发愁,快得很。"他望着我开起了玩笑:"国故老夫子,你诗兴来啦,哼一哼诗听听怎么样?"

我说:"我念的旧诗,老古董,跟不上时代了。"

我们两人都不约而同哈哈笑了起来。我对他说:"你常常叫我为国故老夫子,不错,我前些年在成都,从井研廖季平老师学经学、讲经学,后到北京清华研究院,又向王国维先生学金石甲骨文。我固然是在故纸堆中讨生活,但我也常常想在旧的文献中,寻找出一些新的矿苗,你觉得不可能吗?"

陈毅同志说:"我不是说你发现不了新矿苗,但是,你要认识现在的历史使命,参加当前的革命斗争。至于你要搞经学论著,我不反对,不过,目前的革命需要你去奔走,你应不辞劳苦去干!"

"对!对!"

我们还谈到宣传教育问题,我说:"今天宣传共产主义,要联系《礼运》的大同、小康来讲。"

"你联系讲,我不反对,但不能丢掉阶级斗争这个学说。要不然,你又变成康有为、陈焕章那一套。"

"自然。"

我们的话题又转到梁漱溟的东西文化和他的哲学问题上来了,当时梁漱溟在北京大学讲孔家思想史。我说:"梁漱溟开口闭口谈都是子曰,是个半边秀才,只讲他所谓'理性向上'的'内圣之学',他完全不懂得社会改造、社会革命的外王之道。"

陈毅同志一针见血:"梁漱溟是唯心主义者,根本不懂得唯物史观。"

我们海阔天高,无所不谈。但最后,陈毅同志紧紧抓住现实问题,他问我:"你这次回川,还有什么打算?"

我说:"最理想是到大学教书,如果不行的话,就在大学的图书馆找个差事。要不然,就去搞教育,找个中学校长当当。"

"眼下教书管什么用,顶多教出几个学生。你忘记啦,像杨荫榆之流把持的女师大,你教书教得下去吗?不打倒军阀,不打倒帝国主义,教育就搞不好。现在,国民革命急遽在发展,当务之急是投身到革命中来!"

虽经陈毅同志这般开导,我的脑筋还是不开窍:"学术难道就不重要?中国古典文学、哲学等等还要不要研究?"

"中国的经典,是宝贵的文化遗产,当然要研究,但现在轮不到这个,得先革命。"

"那你现在去搞什么?"我问他。

接着,陈毅同志对我说了他回四川的前因后果。段祺瑞在"三·一八"残酷杀害了爱国学生,北大举行的追悼大会,主持人都找不到。陈毅同志挺身而出,奋不顾身,当了大会的主席。在会上,他慷慨激昂,痛骂军阀卖国贼,历数他们丧权辱国、卖身求荣,甘心充当帝国主义的鹰犬,鱼肉人民的滔天罪行。从此,他被军阀、帝国主义视为眼中钉,在北京待不住了。李大钊同志为了保护他,派他回四川搞兵运工作。

"我现在就是去杨森部队工作,发动和组织他们响应北伐,壮大革命力量。你也去,我正没有帮手呢。"

"我不想当官,我看到这些军阀就反感。"

陈毅同志听后,突然严肃起来说:"怎么就是去做官? 要是我想当官,早就当上了。从法国回来那年,杨森装出一副招贤纳士的面孔,拉我去当他的秘书。我不屑一顾。眼下,革命需要,不打进去,工作能开展吗?"

陈毅同志开诚布公的现身说法,使我心悦诚服。他再次说:"你要作个国民革命派的苏秦、张仪,到处去游说,说服杨森和他的部下,脱离北洋军阀,参加国民革命,或者促使他们保守中立也行。记住,不要象江亢虎、胡适之流那样,参加段祺瑞的'膳候'会议,成为今人嘲笑的江湖博士和无聊政客就是了。"

他的比喻风趣、深刻。先烈李大钊,根据一九二三年七月中共中央第二次对时局关于召开国民会议的主张,说服了冯玉祥。冯玉祥发动了北京的政变,段祺瑞只好潜居天津。但是,实力派的张作霖和张宗昌拥戴段祺瑞,推他出来执政。孙中山经廖仲恺与越飞会商后,发表孙越宣言,接受中共主张,提出召开国民会议。并在孙中山逝世后,写进了他的遗嘱中,成了国民党北伐时开会的暮鼓晨钟。段祺瑞为了对抗国民会议,提出召开善后会议,有江亢虎、胡适等参加。当时的《京报》抨击江、胡巴结军阀的无耻行径,故意在报头上作标题"江湖博士参加膳候会议"。

陈毅同志在船上对我生动的教育,虽然过了六十年①,至今还记忆犹新,历历在眼前。

到了万县,陈毅同志往杨森的招待所,我住在九师司令部文昌宫我

---

① 按杜钢百岁数推算,文中之"六十年"应该有误。

哥哥那儿。杨森的司令部在高笋塘上，居高临下，俯览整个万县城。我先见了他的秘书杨裕昆，约定与他见面的时间。到了见面的日子，我走进杨森的办公室，对着我的是一块小黑板，上面写着"谈话时间二十分钟"。这怎么能够呢？

杨森戎装，正襟危坐。我走上去和他握手后，说："我打算和总司令谈谈天下大事，贡献一点意见，非一两小时不可。"

杨森笑笑说："此地原是部属请示汇报办公的地方，故限定二十分钟。你须长谈毕词，请明晚到舍间。"

"那我告辞了。"

杨森握着我的手说："欢迎你到秘书处工作。"凡国外留学生和国内名牌大学生，杨森都安排在他秘书处工作。

"我眼下要回去探亲，以后有机会再来。"

"我晓得你令尊大人，希望你以后转来。"杨森是广安人，和我父亲①。

第二天傍晚，我坐了九师王参谋长的小轿到杨森公馆。杨森坐在书房里，我以战国策士的气派高谈阔论，从国际上十四个帝国主义出兵干涉苏联十月革命遭到失败谈起，谈到国内国民革命的必定胜利，这是世界历史的潮流，谁也不能抗拒。最后，我对他说："不要以为北洋军阀巍巍乎，赫赫乎，可以依附。凡是军阀都是没落的，袁世凯倒了，段祺瑞的寿命也长不了，只有参加到国民革命这边来才有前途。识时务者为俊杰，你要成为国民革命的英雄，不要当民国革命的俘虏。"

当我谈到练兵的要旨，应从政治思想贯穿士兵头脑时，杨森笑了起来："你毕竟是个书生，未经行伍，不悉练兵之道。我告诉你，饥军才能作战，升官发财，才能打胜仗。打下一个山头，赏几千大洋大家分，重赏之下必有勇夫……"

正在这时，卫兵来报告有客来访。杨森即和我转到大客厅。来客是个中年人，西装革履，精神奕奕。杨森给我介绍："这是朱玉阶老友。"随

---

① 此段有阙文，文意不完整。

后把我介绍给他:"这是同乡杜钢百。"随后,他们就谈起来了,我告辞回寓所去了。

第二天,陈毅同志来找我,说:"走,去见见朱玉阶。"

"朱玉阶?!我昨天在杨森那儿见到过。"

"他是党派来的,从德国留学回来不久。"

我们两人来到南津街的南洋兄弟烟草公司,这是杨森给朱玉阶的特别招待所,有卧室,还有客厅,专门配了两个副官侍候。

到了客厅,陈毅给我介绍:"这是杜钢百,党内的人。"

"昨天见过。"朱玉阶微笑着,并问我:"和杨森谈得怎样,他给你个什么差事。"

我把和杨森的谈话,作了扼要的汇报。并说:"我和他谈了一个钟头,见你来,我就走了。他叫我在秘书处工作,我不想作他的官,我视这些军阀如草芥!"

"现在不是搞学生运动,转为武装斗争,要打进去,做工作分化他们,掌握武装,不当官,怎么能打进去?!你不要故作清高样子,那是过去隐士们忘记社会孤立世外的高调,今天既要革命,就得干这样的工作。"

陈毅同志接着也说:"不要学伯夷,什么圣之清者也;要做伊尹,圣之任者也。作为一个党员,就要为党工作,自由主义要不得。"

朱德又说:"你知道,杨森是广安人,他手下的师旅长很多广安人。你是他们的同乡,他又在寓所接待你,听你高谈阔论。老实说,能和他高谈阔论的,没有几个人。你要象游说杨森那样,去游说他的师长、旅长。你要帮我们打通各个关系,那就是你的工作,你不要等闲视之。"

每天,我们都到朱德同志寓所碰头。

有一天,朱德同志谈起英国轮船在云阳浪沉杨森的兵船的事件。八月二十九日,杨森的士兵在云阳提得盐款及粮税各款,分乘两只木船押运到长江江心,想搭乘英国的万流轮回万县。万流轮突然开快平冲引,这两只木船登时被浪沉,死六人,现洋八万五千全部落水。

万流轮到了万县,杨森派检查长率兵数名,登上该轮问明情况,以便进行交涉。岂知英国驻万县的柯夫提夫号派兵多名与该轮，缴了杨森官兵的枪支，并开始击伤杨森士兵两人。

朱德和陈毅同志十分重视这个事件，认为应该发动一次反对英帝国主义的斗争。通过斗争，加强国民革命运动，配合北伐军攻打武汉。

朱德同志和陈毅同志对当时杨森的政治态度作了深入的分析。杨森是依附吴佩孚、听命于吴佩孚的。吴佩孚封他的官，他才能在成都当上四川督办。但四川的各个军阀不买他的账，还是各霸一方，当土皇帝。杨森便发动统一四川的战争，企图消灭他们。但事与愿违，杨森吃了败仗，被赶出了四川，到武汉去当了寓公。当时的四川外语学院校长廖学章，作了一首打油诗讽刺杨森：

十万雄师出简阳，

一王战败一王降。

一王送出夔关外，

回首川西泪两行。①

这首诗风传全川。后来，杨森外借吴佩孚的支持，内靠旧部的重新拥戴，才有可能回到四川割据川东。因此，杨森对吴佩孚感恩戴德，不愿反吴。同时，吴佩孚还以北洋政府的名义，发表杨森为四川讨逆军总司令，并允许他招兵买马，再造实力。

那时，杨森从武汉回来还不到一年，财政当然拮据，好不容易弄到这八万五千银子，偏又被英轮浪沉，当然恼火。加上他刚上台，被打这一耳光，政治上十分不光彩，杨森当然也想报复一下，出出气，显显威风。但是，要杨森坚决反英，那是办不到的。因为他的上司吴佩孚，是拜倒在英帝国主义脚下的奴才。

分析了形势之后，就只有发动群众一途，用群众的力量迫使杨森反英，并扩大宣传和影响，使这次反帝的行动，纳入国民革命的洪流中去，

---

① 作者原注："一王战败"的一王，是指杨森旅长王重民；"一王降"，是指他的旅长王治易；"一王送出夔关外"，是指送杨森出四川逃亡武汉的旅长王兆奎。

和正在攻打武汉的北伐军遥相呼应。决定召开群众大会,会后示威游行,并派出人到各地,去扩大宣传,象广州的沙巷惨案那样,搞得轰轰烈烈,变成全国性的反帝运动。

陈毅同志刚在北京搞完"三·一八"运动,对发动和组织民众反对帝国主义、反对军阀,有一整套的丰富经验。他成竹在胸,提出先把万县的工、农、商、学的代表和社会名流找来,开个筹备会,把他们发动起来,然后由他们出面,召开群众大会。万县图书馆馆长李定宇(李寰),是北大毕业的。陈毅同志叫我利用同学关系去找他,商借图书馆的阅览室作会场,并请他联系和邀请各方人士来参加。因为他在当地工作,和他们熟悉。还决定朱德同志和陈毅同志去做杨森的工作,不断坚定他反英的态度,加紧反英的工作,决定派我去活动能向杨森进言的广安老乡,比如杨森秘书处张杨裕昆,杨森的外交特派员杨懋楚等等。并决定我从速准备行装,开完筹备会,就动身到重庆找杨闇公汇报,请他首先发动重庆的民众,支援万县的斗争。然后赶到成都去发动,以壮大反帝的声势。

那几天朱德同志、陈毅同志忙得不可开交,一方面去坚定杨森,另方面找人谈话。开筹备会的时候,到会代表五六十人。陈毅同志主持会议,讲明开会的目的,他说:"英帝国主义浪沉中国船只,不止一次了。但是,多次和它交涉,当耳边风,理都不理。这次,非给它一点厉害看看不可。帝国主义欺侮我们,不是今日始,而是一贯的。从鸦片战争以来,帝国主义接二连三侵略我国,订立种种不平等条约,在中国横行霸道。我们要外御侮,内除国贼,废除加在中国人民头上的种种枷锁。北洋政府是帝国主义的儿皇帝,要他出面强硬抗议帝国主义是靠不住的。我们群众要自己起来,我们要表态,迫使政府当局接受民意,强硬对外,要求他不当缩头乌龟,我们要搞强硬的国民外交。朱玉阶先生刚从欧洲回来,现在请他讲话。"

朱德同志站起来,与会者的目光都集中在他一个人身上。他横扫大家一眼,然后说:"帝国主义欺侮中国太深了,不管是满清,还是北洋政府,都害怕帝国主义,依附和投靠帝国主义,甘心情愿当他们的儿皇帝。

我们不起来反对帝国主义,政府当局能出面反对它的洋爸爸吗?不能!我们要强烈表示意见,我们民意坚决,政府当局不能不尊重民意,这就是强硬的国民外交。在欧洲,工人运动轰轰烈烈,工人阶级站起来说话,他们举行集会和示威游行,提出自己的要求,表示自己的意志,强迫政府接受,很有力量。对这次英轮事件,我们要求英帝主义赔偿生命财产损失,惩办肇事凶手,保证以后不会发生类似事件。同时,强烈要求杨森采取强硬的外交,不妥协。我们要把这次反帝国主义的运动象沙巷惨案那样,轰轰烈烈搞起来,从四川发展到全国,成为强大的国民革命运动。响应北伐,打倒祸国殃民的军阀,驱逐帝国主义,废除不平等条约。"

代表们群请激昂,决定于九月四日召开群众大会,举行示威游行。当即推举代表,进行筹备。陈毅同志还提议派我到重庆、成都去推动这次运动,大家表示同意。

会后,陈毅同志积极活动,指导成立万县雪耻大会的工作,并为大会起草宣言。朱德同志经常去作坚定杨森的工作,杨森下决心表示反英帝国主义,争取国家主权。

八月三十日,扣留英国停泊在万县的万通和万县两条轮船。

九月一日,重庆英领事卢思德,赶到万县找杨森代表杨懋德谈判。杨森按朱德的意见,提出赔偿历次浪沉我船只造成的生命财产损失,才释放两轮船的自由,才开始谈判。双方坚持己见,谈判没有结果。

朱德和陈毅同志催我快些到重庆、成都发动他们声援万县斗争,刚好有船去重庆,我就离开了万县。我拿着朱德同志的介绍信,到莲花池见杨闇公,向他转达朱德和陈毅同志的意见,要他发动全川群众,声援万县的斗争。这时,我才杨闇公那儿才知道,英国兵舰炮轰了万县。

杨闇公正忙着声援万县的工作,他说:"重庆要成立万县惨案的雪耻大会,准备全市举行游行示威,各机关团体罢工,学生上街宣传,商界罢市,强硬抗议英帝国主义的野蛮行径。"他讲完打算后,接着他说:"你是高师(成都高等师范)的,你去找你的同学李嘉仲、张仲祺他们,他们负责这个工作。"

杨闇公随即叫来张锡畴和我见面,张锡畴当时是重庆学生会主席。我分别向有关同志传达了朱德和陈毅同志的意见。

不几天,陈毅同志也赶到了重庆。我们一起住在嘉陵旅馆。我以迫切的心情问到万县的情况,陈毅同志告诉我:我走了以后,九月四日,召开了成立英轮惨死同胞的雪耻大会,约一万人参加。会后,举行了声势浩大的游行示威,群情激奋。"打倒英帝国主义"、"强烈抗议英帝国主义的野蛮行径"、"英国必须赔偿一切损失"的口号声,响彻了整个万县城。

第二天下午五点多钟,英国由宜昌上驶的嘉禾号和回重庆下航的威瑾号,会同停泊在万县的柯克捷夫号,炮轰万县,嘉禾轮还发射国际禁用的硫磺弹。顿时,万县陷在火海之中,最繁荣热闹的南津街商场,烽火冲天,烟雾弥漫。万州旅社、万县中学、杨森的司令部都中弹起火。而杨森的土炮,根本伤不了英舰的一根毫毛,只好眼瞪瞪地看着挨打。

英国的炮弹不长眼睛,一炮打中了法国教堂。英法争夺四川的利益,本来就有矛盾,法国挨了这一炮,陈毅同志想,这一下就有可能动员停泊在万县的法国兵舰进行还击。于是,他不顾个人安危,在隆隆的炮声中,穿过硝烟弥漫街道,向长江走去,登上了法国的兵舰。还在气头上的法国官兵,经陈毅同志一说,果然向英军开了几炮,击中英舰的尾巴,歪歪斜斜地跑了。

陈毅同志见机行事和勇敢行为,使我深为敬佩。由于他的到来,加强了领导,声援万县斗争的群众运动风起云涌。重庆各机关团体罢工,商界罢市,学生涌向街头宣传,全市三万多人举行了轰轰烈烈的示威游行。海员拒绝给英轮领航,商界实行和英国经济绝交,反帝的气氛笼罩着整个山城。成都的地下党领导出版《九五日报》,揭露和声讨帝国主义的滔天罪行。反帝的浪潮不仅波及全川各县市,也影响到全国。汉口市举行了市民大会,江浙各城市都有群众性的演讲,全国学生会和上海市总工会、商会致电北京政府外交部,要求向英国提出严重抗议,致电英国驻英公使,提出警告:"炮舰政策早已失其效用,倒行逆施徒增吾国民众之恶感而已。"

由于朱德同志和陈毅同志的领导,世界无产阶级及被压迫民族也表同情于万县民众。中国共产党为万县惨案发表宣言,号召全国民众奋起反对英帝国主义的野蛮残暴的行为。第三国际也发表宣言,号召全世界劳动者,切实动员起来反对英国之暴行,伦敦和柏林开群众大会,农民国际亦通电抗议万县的屠杀,英国工党也为此在国会里质问执政的保守党政府。

从此,英帝国主义的船只乖乖滚出了四川,不敢再来。①

(据手稿进行整理)

---

① 文章未完,因原稿佚失而无后文。

杜钢百先生年表

1903　1岁

三月,出生于四川省广安县石笋河场。起名杜文炼,字钢百。

1907　4岁

四岁半入私塾,接受启蒙教育,读《三字经》、《百家姓》、《千字文》,后又学习"四书"、"五经"、《昭明文选》等。

1917年　14岁

约在十四岁,进入县立高小学习。

1919年　16岁

考入县立广安中学。

1921年　18岁

以中学二年级学生身份越级考入成都高等师范学校文史部。在高师学监王右木的影响下,开始接触马克思主义思想和革命思想,并在王右木介绍下加入社会主义青年团。

经高师教员谭焖介绍,拜经学大师廖平为师,跟随廖平研习经学,深受赏识。在廖平的指导下,遍读各类经学书籍,并完成了《名原考异》、《中庸伪书考》两篇论文。

1924 年 21 岁

秋,与同乡一起前往北京,考入北京大学国学研究所。

1925 年 22 岁

3 月,参与北京高等师范学院的学潮活动,负责宣传和校外联络工作。

7 月,考取清华学校研究院国学门。

9 月,进入清华国学研究院学习,导师为梁启超,所选研究课题为"佛家经录之研究",并任研究生会主席。

此年加入中国共产党。

1926 年 23 岁

2 月,研究院同学开会,选出学生干部,杜钢百任正干事。

3 月,与吴其昌一同代表研究院学生会向主任吴宓提交要求其辞职的"哀的美敦书"。撰写《北京清华大学研究院国学门发展计划书》,发表于《清华周刊·十五周年纪念增刊》。

4 月,与刘盼遂、吴其昌等人以"实事求是整理国故"为宗旨,组织"实学社",并创办了《实学》月刊。所写《中庸伪书考》、《名原复音考证》分别发表于《实学》第一、二、三期。

经赵世兰介绍,认识了共产党领导人李大钊、陈毅等,在他们的鼓励下,组织成立了共产党领导的社会团体,即"四川革命青年社"和"新军社"。"三·一八"惨案发生后,他参加了逼迫当局悼念"三·一八"烈士的斗争。

6 月,写成论文《先秦经学微故》,通过毕业审查。

7月,从清华研究院毕业,准备回四川工作。先绕道上海,欲访康有为、章太炎先生而不遇,又专程赴江西谒见在庐山避暑的康有为,与其谈论经学。

8月,回川途经武汉,与陈毅相遇于渡口,遂与陈毅一起赴万县,与朱德会合,准备做四川军阀杨森的工作,动员其支持北伐战争。在万县期间,与朱德、陈毅一起策划了反对英帝国主义的"九五"事件,并赴重庆、成都等地积极呼吁声援。

9月,回到成都。经廖平介绍,任四川省图书馆馆长。同时在共产党领导下开展统战工作,并任邓锡侯二十八军督办公署的顾问。

1927年　24岁

大革命失败后,他流落到杭州,隐居于西湖广化寺,于此结识了熊十力、马一浮诸先生。又经熊十力推荐给蔡元培,受聘为大学院委员会委员。

1928年　25岁

经蔡元培介绍,任武汉大学国文系教授,又兼武昌文华专科学校教授,讲授"经学概论"等课程。

与同乡商人之女龙氏结婚。

1929年　26岁

秋、冬渡日本,在日与日本学人研讨经史,并搜求相关书籍。

1930年　27岁

由日返沪,开办了一所书店"草堂书舍",以书店作为共产党展开革命活动的一个据点。

前往广州,任中山大学文学院教授。撰写讲义"经学通史"、"春秋研究"等,由中山大学石印出版。

1932 年　29 岁

长女杜懋粤出生。

1934 年　31 岁

2月,就中山大学文学院课程设置问题,发表《与中山大学校长邹鲁先生论中文系(?)改革意见书》。

由粤返沪,任暨南大学文学院教授,兼图书馆馆长。

在上海为圣约翰大学教授韩玉珊及夫人讲述康有为与廖平在羊城会晤讲学之事,韩玉珊翻译成英文,寄给美国学者杜威。

在上海地下党组织领导下,与高原、阳翰笙、任北戈等保持密切联系,又与张受镛、潘震亚、沈钧儒等发起组织上海各大学教员联合会(任常委)、中外文化协会(任副理事长)。同时,以书店为掩护,负责地下党的一个秘密情报组织,还与吕一峰一起接管了"神州通讯社"。

1935 年　32 岁

与高亨、蒋天枢等清华同学参加章太炎在苏州举办的"章氏国学讲习会"。

1936 年　33 岁

长子杜懋哲生。

1937 年　34 岁

抗日战争爆发后,在上海发动教员联合会组织上海战时大学,任文学院长,坚持上海教育阵地,直至上海沦陷。

1939 年　36 岁

赴香港,联络文艺界左翼人士筹办战时大学,由于他坚持要用"抗日"命名学校,香港总督慑于日本政府压力而未批准。

1940 年　37 岁

回到四川老家,任广安县一家商号的董事长。

1941 年　38 岁

赴重庆,任教于四川省教育学院。

次女杜懋士生。

1944 年　41 岁

创立了草堂国学专科学校及东方人文学院,任草堂国学专科学校校长。两所学校均以研读经史为主要内容,曾邀请马衡、熊十力、顾实等学者来校讲学或授课,至 1949 年学校解散,先后共培养学生数百人。

就大学课程中经学教授问题,发表《论大学课程中之经学研究》。

次子杜懋学生。

1945 年　42 岁

秋,与杜浮生、李筱亭、赵其文、洪沛然等组织成立"建国教育社",并任理事。同时与严郁文、孙述文等发起成立"重庆图书馆协会",任该会副常务理事。

1950 年　47 岁

四川省教育学院与国立女子师范学院合并为西南师范学院,任西南师范学院历史系教授。

1951 年　48 岁

在"三反运动"中,被污蔑为贪污分子,遭到批斗。

1952 年　49 岁

民革西师支部成立,任支部委员。

1956 年　53 岁

七月,参加西师组织的暑期活动,赴北京、天津、太原、西安等地参观。

1957 年　54 岁

升任民革西师支部主任委员。

1962 年　59 岁

1月,妻子病逝。

1963 年　60 岁

8月,当选为四川省政协委员。

着手编著《新三字经》一书。

1964 年　61 岁

10月,赴成都参加四川省政协会议。

1966 年　63 岁

"文革"爆发,被扣上"反动学术权威"的帽子,被迫参加劳动,多次被批斗,关牛棚,甚至被殴打。

1978 年　75 岁

"文革"结束,得以平反,恢复了学术上、政治上的名誉。他决心抓住晚年时光,系统整理自己多年的研究成果,准备撰写《六艺渊源考实》、编著《经学大辞典》等,但已力不从心,因身患疾病未能完成。

1983 年　80 岁

6月12日,因患结肠癌,医治无效逝世,享年80岁。

启　事

上世纪初短暂存在过的清华国学院，已成为令后学仰视与神往的佳话。而三年前，本院于文化浩劫之后浴火重生，继续秉承"独立之精神，自由之思想"，而更强调"中国主体"与"世界眼光"的平衡，亦广受海内外关注与首肯。

本院几乎从复建之日起，即致力于《清华国学书系》之"院史工程"，亟欲缀集早期院友之研究成果，以逼真展示昔年历程之艰辛与辉煌。现据手头之不完备资料，暂定在本套《书系》中，分册出版文存五十一种，以整理下述前贤之著述：

梁启超、王国维、陈寅恪、赵元任、李　济、吴　宓、梁漱溟、钢和泰、马　衡、林志钧、梁廷灿、赵万里、浦江清、杨时逢、蒋善国、王　力、姜亮夫、高　亨、徐中舒、陆侃如、刘盼遂、谢国桢、吴其昌、刘　节、罗根泽、蓝文徵、姚名达、朱芳圃、王静如、戴家祥、周传儒、蒋天枢、王　庸、冯永轩、徐景贤、卫聚贤、吴金鼎、杨筠如、冯国瑞、杨鸿烈、黄淬伯、裴学海、储皖峰、方壮猷、杜钢百、程　憬、王耘庄、何士骥、朱右白。

本《书系》打算另辟汇编本两册，收录章昭煌、余永梁、张昌圻、汪吟龙、黄绶、门启明、刘纪泽、颜虚心、闻惕生、王竞、赵邦彦、王镜第、陈守实等前贤之著述。

本《书系》已被列为国家十二五重点图书。为使其中收入的每部文存，皆成为有关该作者的"最佳一卷本"，除本院同仁将殚精竭虑外，亦深盼各界同好与贤达，不吝惠赐《书系》所涉之资料、线索，尤其是迄未付梓，或散落民间的文字资料、照片、遗物等。此外，亦望有缘并有志之士，能够以各种灵活之形式，加入此项院史编集工程，主动承担某部文存的汇集与研究。如此，则不光是清华国学院之幸，更会是中国学术文化之幸。

惟望本《书系》能继前贤之绝学，传大师之火种，挽文明之颓势，为创造中国文化的现代形态，收到守先待后之功。

清华大学国学研究院
2012 年 8 月 11 日